汉译世界文学名著丛书

先知
沙与沫

［黎巴嫩］纪伯伦 著

李唯中 译

商务印书馆
The Commercial Press

جبران خليل جبران　النبيّ　رمل وزبد
据黎巴嫩世代出版社 1986 年版
《纪伯伦全集》译出

汉译世界文学名著丛书
出版说明

1902年，我馆筹组编译所之初，即广邀名家，如梁启超、林纾等，翻译出版外国文学名著，风靡一时；其后策划多种文学翻译系列丛书，如"说部丛书""林译小说丛书""世界文学名著""英汉对照名家小说选"等，接踵刊行，影响甚巨。从此，文学翻译成为我馆不可或缺的出版方向，百余年来，未尝间断。2021年，正值"汉译世界学术名著丛书"出版40周年之际，我馆规划出版"汉译世界文学名著丛书"，赓续传统，立足当下，面向未来，为读者系统提供世界文学佳作。

本丛书的出版主旨，大凡有三：一是不论作品所出的民族、区域、国家、语言，不论体裁所属之诗歌、小说、戏剧、散文、传记，只要是历史上确有定评的经典，皆在本丛书收录之列，力求名作无遗，诸体皆备；二是不论译者的背景、资历、出身、年龄，只要其翻译质量合乎我馆要求，皆在本丛书收录之列，力求译笔精当，抉发文心；三是不论需要何种付出，我馆必以一贯之定力与努力，长期经营，积以时日，力求成就一套完整呈现世界文学经典全貌的汉译精品丛书。我们衷心期待各界朋友推荐佳作，携稿来归，批评指教，共襄盛举。

商务印书馆编辑部
2021年8月

爱在爱中满足了
——纪伯伦《先知 沙与沫》导读

纪伯伦是黎巴嫩诗人和作家，是阿拉伯旅美派文学的灵魂和领军人物，对阿拉伯现当代文学产生了巨大的影响。1983年，纪伯伦被联合国教科文组织列为七位"具有世界意义"的人物之一。他生前虽未得到文学大奖，然而身后世人对他和他的作品评价之高却是许多文学大家可望而不可即的。

纪伯伦的作品曾经在中国图书市场的外国文学作品排行榜上高居榜首，尤其是他的代表作《先知》更是受到中国读者的极大欢迎。据说《先知》的各种中文版本已经超过了一百种。世纪之交，《中华读书报》评选的20世纪百部文学经典中，《先知》也入选其中，可见中国读者对纪伯伦代表作《先知》的喜爱程度。

《先知》作为一部散文诗集，是在阿拉伯世界具有开创性意义的文学作品，被认为是黎巴嫩文学史也是阿拉伯文学史上第一部散文诗集，可以说是纪伯伦精心打造的一部力作。纪伯伦本人也非常重视《先知》，他在致友人的信中说：

至于《先知》,那是我思考了一千年的一本书,但是到去年年底还没写出一章。关于这个"先知",我怎么跟你说好呢?他是我的第二次降生,又是我的第一次洗礼。他是使我成为一个站在太阳面前的自由人的唯一思想。这位先知,在我塑造他之前先塑造了我,在我把握他之前先把握了我,在他站在我面前向我灌输他的情趣爱好和主张之前已让我跟在他后面走了七千法尔萨赫①。

尽管近年来有人质疑纪伯伦是否是第一个创作散文诗的作家,认为是他同辈的作家艾敏·雷哈尼第一个在阿拉伯世界发表了散文诗,而且找出了证据,但是这也不足以撼动《先知》作为阿拉伯文坛第一部散文诗集的地位,因为《先知》是作为一部完整的散文诗集率先出版的,不像艾敏·雷哈尼只是零星发表了一些散文诗。因此还是可以认定纪伯伦开创了阿拉伯散文诗的先河。更难能可贵的是,纪伯伦还用英文发表了很多散文诗集。

细读纪伯伦的《先知》,我们可以发现这一部散文诗集具有深邃的哲理。冰心先生首译《先知》时便在译者前言中称其具有"深邃的东方哲理"。也许纪伯伦在《先知》中所表达的深邃哲理和思想,才是奠定纪伯伦在阿拉伯文学史上

---

① 1法尔萨赫约合6.24公里。

地位的真正原因。他谈到了人们日常生活的方方面面，但他不是要具体地谈论人们该如何生活和工作，而是借着这些日常的话题表达了他对人生哲理的感悟。他从爱谈起，紧接着就谈婚姻和孩子，从人的生命中最为重要的内容谈起，一个接一个话题，论述了人生的方方面面。我们读到了《论饮食》《论劳作》《论悲欢》《论房舍》《论衣服》《论买卖》《论友谊》《论说话》《论时间》《论死亡》等共二十六个题目。那深邃的哲理充溢在所有这些话题之中。在《船的到来》中，当先知穆斯塔法即将告别人们的时候自问：

莫非离别之日正是聚会之时？

我的夕阳西下之时，果真是朝阳东升之时？

他们耕作之时丢下犁杖或者停下榨汁的轮子，我能给他们什么呢？我的心能成为一棵结满果子的树，以便采摘并分给他们吗？

我的愿望能像涌泉，以便斟满他们的杯盏吗？

我是可供上帝之手弹奏的琴，或是可让上帝吹奏的笛子？

我是探索寂静的人，在其中我能发现什么宝藏，并且满怀信心地撒播出去呢？

如果今天就是收获之日，那么，我曾在哪块土地上，又是在哪个被我遗忘的季节里，播下我的种子呢？

假若那的确是我举灯的时刻，那么，灯里燃烧着的不是我所点燃的火焰。

我将举起我的灯，那灯空空无油，而且很暗。

夜下守护你们的人将为灯添油，也将为你们将之点燃。

人生中充满了悲欢离合，普通人对于分离普遍持一种悲伤的情绪，但是纪伯伦却能辩证地看待分离与相聚，在他看来分离的场景其实也是一种相聚，人们要为远离的人送别，于是送别的场景便也成了一种别样的相聚。夜晚的来临如果只是从四季晨昏的转换来看，具体的一个个夜晚似乎只是黑暗的降临，但对于长远的人生旅途来讲，夜晚的黑暗或许正孕育着新的光明，仿若另外一个黎明的到来。指导人们生活的先知能给予人们的不只是现实生活中的果实，更有价值的是对人们心灵的触动，让人们的心中充满对未来的期待和希冀。人们心灵的收获仰赖先知无时无刻不在他们的心中播撒的种子。人们心中点燃的希望焰火，仿佛是因为先知为他们举起的明灯，但那火种其实深埋在人们自己的心灵深处，来自于"夜下守护你们的人"。

《先知》给人印象非常深刻的还有爱的主题。在先知所谈论的诸多话题中，第一个出现的话题就是"爱"。他呼吁人们追随爱，依顺爱，相信爱，指出爱的两面性："爱为你们戴上冠冕的同时，也会把你们钉在十字架上。/爱能强壮你们的骨干，同时也要修剪你们的枝条。/爱能升腾到你们天际的至高处，抚弄你们那摇曳在阳光里的柔嫩细枝。/爱同样能沉入你们那伸进泥土里的根部，并将根部动摇。"爱会给人快乐，也能让人痛苦。爱能磨炼一个人，让他露出生命的本真。无论你持什么样的态度，依然故我，在履行自己的使命：

爱，除了自己，既不给予，也不索取。
爱，既不占有，也不被任何人占有。
爱，仅仅满足于自己而已。
当你爱的时候，你不要说"上帝在我心中"，
而要说"我在上帝心中"。
你切莫以为自己能够指引爱之行程。
爱会引导你，如果发现你适于引导。
爱除了实现自我，别无所求。

纪伯伦不只在这一专题中谈论爱，在其他篇章中也多处提到了爱，比如他在《论时间》中说："在你们当中，又有谁不觉得他那爱的力量是无穷无尽的呢？／又有谁不感到，那爱虽则无尽，却总绕着自身的核心转动，而不会从一种爱的思想转移到另一种爱的思想，从一种爱的行为转移到另一种爱的行为呢？／时间不正像爱一样，既不可分割，又是不可用步测量的吗？"他在这里说明了爱和时间是永远流淌的，是持续不可分割的，是紧密得没有间隙的。

他甚至在谈论劳作的时候也将其和爱关联起来：

也有人对你们说，生命是黑暗的，致使你们在过度疲倦之时，重复疲惫者们所说的那些话。

我要说，没有激励，生命的确是黑暗的；

不与知识结合，一切激励都是盲目的；

不与劳作结伴，一切知识都是无用的；

不与仁爱相配，一切劳作都是空虚的；

当你的劳作与爱相结配时，你便与你自己、与他人还有上帝连在一起了。

纪伯伦接着解释了什么是带着爱工作，那就是"用从你心中抽出的线织布做衣，仿佛你所爱的人将要来穿"，是"满怀热情地建造房屋，仿佛你所爱的人将要来住"，是"满怀温情地播种，欢天喜地地收获，仿佛你所爱的人将要来吃"，是"把你心灵的气息灌输到你所制作的一切之中去"，是"你当知道你的先人们都在你的周围看着你"。

《先知》还具有对立统一的辩证思想。在纪伯伦看来，很多事物都是对立统一的，特别是在罪与罚、悲与欢、善与恶等一系列对立的概念中。在《论时间》中他说时间"知道昨天只不过是今天的回忆，而明日不过是今天的梦"。昨天、今天和明天虽然各自代表着时间的不同阶段，但是它们之间又是相互关联的，有着承前启后的连续性。在《论死亡》中他说道："生与死是一体的，正像江河与大海是一体一样。"在常人的眼光里，生与死是两种截然不同的状态，但在纪伯伦看来，生与死的性质是一样的，都是宇宙间存在的一种形式，两者之间的差别只如同江河与大海的差异，江河与大海的本质都是水，差异只在于水的载体不同而已。又如悲与欢是对立的情绪，但是悲与欢在某种状态下又会互相转换：

  当你沉浸在欢乐之中时，深究你的内心深处，就会发现曾是你的悲伤泉源的，实际上是你的欢乐所在。
  当你沉浸在悲伤之中时，重新审视你的心境，就会发现曾是你欢乐泉源的，实际上又成了你的悲伤所在。

我们想一想生活中的一些悲欢、愁喜的事情的确是会转化的，比如年轻的夫妇会为生孩子的事情而发愁，不知道如何去面对一个新生命，担忧孩子的吃喝拉撒睡，担忧新生的孩子给自己带来辛苦和麻烦，但是进入老年之后，才会发现那当初给自己带来忧愁和烦恼的新生儿成为家庭的支柱，成为自己老年生活的支撑，陪伴自己度过夕阳黄昏的生命最后阶段，这时候你难道不会觉得当初养育孩子的忧愁，此时不是恰恰成了自己欢乐的来源？又比如很多年轻人为了自己的生计而发愁，通过努力之后获得了财富，从忧愁物质的匮乏到拥有财富的快乐，也是一种忧愁向快乐的转换，可是当有些人掌握了大量的财富却没有能力恰当地处理财富的时候，又反过来转化成了愁烦。所以，纪伯伦认为悲与欢是不可分的：

有人说:"欢乐大于悲伤。"

另一些人说:"悲伤更大。"

我要对你们说,悲欢是相互不可分离的。

悲欢同至,其一在与你同桌共餐,另一个则正睡在你的床上。

实际上,你们就像天平的两个盘子,悬在你们的悲与欢之间。

只有你们的心中空空如也之时,那两个盘子才能平衡,你们的情况才会稳定下来。

纪伯伦在《先知》这一部作品中还体现出超越时代的超前意识。他作为一位思想家,对生命和生活的思考远远超出了他同时代的普通人甚至知识分子的洞见。在《论孩子》篇,纪伯伦说道:

一位怀抱婴儿的妇女说:请给我们谈谈孩子吧。

穆斯塔法说:

你们的孩子并不是你们的,

而是"生命"对自身的渴望所生的儿女。

他们借你们来到世上,却并非来自你们,

他们虽与你们一起生活,却并不属于你们。

你们可以把爱给他们,却不能给他们思想。

因为他们有他们的思想。

你们能够庇护他们的身体，却不能庇护他们的灵魂。

因为他们的灵魂居于明日的华屋，那是你们无法想见的，即使在梦中。

你们可以努力以求像他们，但不要试图让他们像你们。

因为生命不能走退步，它不可能滞留在昨天。

你们是弓，你们的孩子则是从你们的弓弦上射出的实箭。

射手看见竖立在无尽头路上的目标，

他会用自己的神力将你们的弓引满，以便让他的箭快速射至最远。

就让你们的弓在射手的手中甘愿曲弯；

因为他既爱那飞快的箭，也爱那静止的弓。

纪伯伦在这里对子女的论述具有非常高瞻远瞩的超前意识。在他生活的时代，即19世纪末20世纪初，不仅东方各国的传统观念里把孩子当作父母的附属甚至当作自己的财产，就是在西方世界人们对父母与子女关系的认识也还停留在同样的层次上，无论东方人还是西方人，都没有把孩子当成自主、独立的个体。上点年纪的中国人无法否认，以前当孩子犯错误的时候，父母打骂孩子被认为是天经地义的事情，就是因为改革开放之前人们在观念里把子女当成了自己的附属和财产，在他们看来，父母作为孩子的拥有者，自然有权随意处置孩子。

但是纪伯伦非常鲜明地告诉大家,"你们的孩子并不是你们的",他们只不过是借助父母的躯体降生到这个世界上,因此他们是独立于父母的存在,他们有自己的生命,有自己的灵魂。孩子可以和父母同在,但不属于父母,因为父母尽管赋予了孩子以肉体,却无法控制孩子的思想和意识。

纪伯伦用了非常形象的比喻来说明孩子和父母的关系,他把生命的诞生比喻为射箭的过程,父母是那一把弓,孩子便是那一支箭,是"弓弦上射出的实箭",射者在看准了目标以后用神力把箭矢发射了出来,飞向"明日",走向未来。

中国人的养儿防老观念就是传统思想里对于孩子的认知,把孩子和自己的生命旅程捆绑在一起,但纪伯伦劝告人们要充满喜乐地放飞孩子,这跟我们中国人传统的理念相去甚远。如今中国人在对待孩子的问题上不断地改变自己的思想,改变自己对待孩子的方式。在我看来,中国的父母越来越认同纪伯伦的思想。在对待孩子的问题上,人们越来越尊重孩子的个性,尊重孩子的思想和行为,尊重孩子个人的选择。在教育孩子的过程中也越来越少地把责骂和体罚当作教育的手段,而更多地把孩子当成独立的、具有主体性的个体。可能农村部分地区还比较多地使用传统的手段教育孩子,但是城市里的父母无疑越来越尊重孩子,不把孩子当成自己的附属品。这是社会的进步、文明的进步,也证明了纪伯伦的超前意识的正确性。因此,黎巴嫩人民把纪伯伦称作"我们的先知纪伯伦"。

《先知》之后，纪伯伦又写了《先知花园》，这是一部与《先知》风格近似的作品，是作者文学、哲学成就的集大成之作，也是他辞世前最终理想的宣言，集中表达了作者对人、天、地关系的深刻理解和哲理思考，体现了作者散文诗艺术创作的全貌和风格。《先知花园》共十六篇，与《先知》一样，采取智者启示录的形式，探讨"人与自然的关系"。主人公是《先知》中的那位东方智者穆斯塔法，他回到阔别多年的故乡，人们纷纷从田野、葡萄园赶来迎接。在表达了思乡之情和对生活的感怀之后，他独自来到自家园中，闭门静思四十天，然后打开园门，会见他的门生、童年时的女友和乡亲，回答了他们的提问。智者的谈话涉及诸如自然与社会、上帝与人类、小我与大我、智慧与愚昧、黑夜与白昼、言辞与思想等人和自然的关系以及人类生活的方方面面。

本书收录的另外一个集子《沙与沫》是纪伯伦的代表作之一，荟萃作者道出的隽语、佳句，是一部关于生命、艺术、爱情、人性的格言集，值得反复品读。书中，纪伯伦以自然景物"沙"、"泡沫"寓意人在社会之中如同沙粒一样微小，万物如同泡沫一般虚幻。《沙与沫》中使用大量隐喻性的语言，不仅蕴含了丰富的哲理性，还充满了社会性，包含着博大的东方精神。此外，《沙与沫》还富于音韵之美，宛如天籁，传达出生命的爱和真谛，让那些困顿彷徨的人们，都能得到慰藉和鼓舞。诗文超越了时空、国界的限制，字句中蕴含着深刻的哲理，体现了人类共同的情感，满足了不同心灵

xiii

的不同需求。《芝加哥邮报》这样评价《沙与沫》："哲学家认为它是哲学，诗人称它是诗。"纪伯伦一生始终被孤独缠绕，他热爱自由，追逐梦想，但同时也浸没于对生与死的思索中。在《沙与沫》中，纪伯伦围绕"自由""孤独""生死"三大主题辩证地阐发作者对世界的深邃哲思，作者认为这是一个生命成长的自然规律和结果。反之，透过《沙与沫》中的深沉和达观，我们更能感动于纪伯伦早期作品中的赤子之心。

《先知》《先知花园》《沙与沫》是纪伯伦最具代表性的散文诗作，中文译本众多，但作为经典作家的经典之作，由商务印书馆这样一家以出版经典著作见长的出版社来再版，无疑将把纪伯伦的文学作品纳入到商务的经典系列中去，从而在出版的意义上使纪伯伦的作品成为汉译世界文学名著中真正意义上的经典。纪伯伦是一位生活在美国的黎巴嫩作家，同时用阿拉伯语和英语进行文学创作，《先知》《先知花园》《沙与沫》虽用英语写就，但内容以反映阿拉伯世界的思想和文化为主，蕴含了丰富的社会性和东方精神。20世纪30年代，冰心先生将《先知》从英文译成中文出版，首次将纪伯伦的作品介绍到中国，从50年代开始，纪伯伦其他作品陆续被译成中文出版。本书的译者李唯中先生是我国著名的阿语翻译家，其所译阿拉伯语文学作品字数已达千万，是我国唯一独自翻译《纪伯伦全集》和《一千零一夜》（全译本）的译者。李先生从阿语翻译纪伯伦的作品，除译笔精湛外，还将他对阿拉伯国家历史文化的理解和把握渗透到译事中，更增添了译本的文化底色,这也是本版《先知 沙与沫》与其他英译中文版最大的不同。此番将纪伯伦三部最具代表性的散文诗结集出版,给已有中文译本增添了新的光彩,也让中国读者欣赏到纪伯伦散文诗的精华。

林丰民
2021 年 11 月于北京大学

目 录

先 知

船的到来 3
论爱 8
论婚姻 10
论孩子 11
论施舍 12
论饮食 15
论劳作 16
论悲欢 19
论房舍 20
论衣服 22
论买卖 23
论罪与罚 25
论法律 28
论自由 30
论理智与热情 32

论痛苦 …… 34

论自知 …… 35

论传授 …… 36

论友谊 …… 37

论说话 …… 38

论时间 …… 39

论善与恶 …… 40

论祈祷 …… 42

论逸乐 …… 44

论美 …… 47

论宗教 …… 49

论死亡 …… 51

道别 …… 52

附：先知花园

先知花园 …… 63

沙与沫

沙与沫 …… 101

先 知

船的到来

年值韶华,被主所选、为主所爱的穆斯塔法,在奥法里斯城等了十二年,等待着他的船到来,以便载他归返他出生的岛上去。

在第十二年的九月,即收获之月的第七天,他登上城墙外的小山,放眼向大海望去,只见他的船披着雾霭驶来。

此刻,他的心境豁然开朗,欢悦之情远远地飞越大海。他闭上双眼,在灵魂的静殿中祈祷。

* * *

当他从小山上走下来,忽觉一阵忧思袭上心头,他暗自想:

我怎能心无惆怅,安然地离去呢?

我在这座城郭里度过的痛苦白天是漫长的,我所度过的孤寂之夜是漫长的。谁能够与自己的痛苦和孤寂毫无遗憾地分手呢?

在这一条条路上,我撒下了多少精神的颗粒!

有多少我所喜爱的孩子,赤身裸体地跪在它的山丘之间!因此,我不能毫无负担、毫无痛苦地离开它。

今天,我脱下的不是一件外衣,而是用我们双手撕下的自己的一块皮。

今天,我不是把一种想法丢在了身后,而是丢弃了一颗用饥饿和干渴浸透的甜蜜之心。

* * *

但是,我不能再久留了。

呼唤万物前往的大海在召唤我,我必须扬帆起航了。

虽然我夜下的归思仍灼热似火,可如果再待下去,便要凝固、结晶了。

我多么希望能够带走这里的一切,可又有什么办法呢?

唇和舌是声音的双翅,而声音飞走时却不能带着双翅,只能独自去觅寻以太①。

如同鹰不能带着巢,只能独自飞过太阳。

* * *

现在,穆斯塔法行至丘山脚下,转身向着大海,看见他的船正向港口靠近,船头上站着来自故乡的水手。他向他们发出由衷的呼唤:

我的老母的孩子们,弄潮的英雄汉,

你们有多少次航行在我的梦里呀!现在,你们在我苏醒时来了,而苏醒是我更深的梦境。

看,我现在准备起航了。我的渴望风帆已经全部展开,正等待着风的到来。

我只求在这静静的空气中吸上一口气,

只要向这里的一切投上亲切的一瞥,

---

① 以太,物理学史上假想的一种传播光的媒介,后被证明并不存在。

之后,我便加入你们的行列,成为一名水手。

还有你呀,宽阔的大海,不眠的母亲,

只有在你的胸膛里,江河和溪流才能找到平安和自由。

这条小溪仅剩下一次转变,之后在这林间只作一声低语,便奔向你那里,化作无边大洋中的自由涓滴。

* * *

穆斯塔法正走在路上时,忽见远处有众多男女离开他们的田地和葡萄园,快步向着城门走来。他听见他们呼唤着他的名字,穿过田间阡陌,高声喧嚷着他的船来了。他自言自语道:

莫非离别之日正是聚会之时?

我的夕阳西下之时,果真是朝阳东升之时?

他们耕作之时丢下犁杖或者停下榨汁的轮子,我能给他们什么呢?我的心能成为一棵结满果子的树,以便采摘并分给他们吗?

我的愿望能像涌泉,以便斟满他们的杯盏吗?

我是可供上帝之手弹奏的琴,或是可让上帝吹奏的笛子?

我是探索寂静的人,在其中我能发现什么宝藏,并且满怀信心地撒播出去呢?

如果今天就是收获之日,那么,我曾在哪块土地上,又是在哪个被我遗忘的季节里,播下我的种子呢?

假若那的确是我举灯的时刻,那么,灯里燃烧着的不是我所点燃的火焰。

我将举起我的灯,那灯空空无油,而且很暗。

夜下守护你们的人将为灯添油，也将为你们将之点燃。

* * *

这些都是穆斯塔法说出口的事情，还有很多话隐藏于他的心中，未能道出他深藏心底的秘密。

* * *

穆斯塔法进城时，众人纷纷迎接他，齐声呼唤他的名字。长老们走上前，说道：

你不要急于离开我们！

你在我们生命的苍茫暮色中，曾像丽日一样悬挂中天。

你的青春华年曾赋予我们美梦联翩。

你在我们中间，既非客居，也不是异乡人，而是我们可爱的孩子，我们的灵魂对你情有独钟。

不要让我们因渴望见到你的容面而望眼欲穿。

* * *

男女祭司们高声对他说：

莫让海浪现在就把我们分开，不要让你在我们中间度过的那些岁月化为记忆。

你曾是一位神灵走在我们当中，你的影子曾是照亮我们脸面的光芒。

我们是多么深爱着你，虽然我们的爱默默无言，且又隔着薄纱；然而它现在正高声呼唤你，希望它在你的面前能被撩开。

爱总是这样，不知其深，除非到了别离的时辰。

＊　　＊　　＊

另外一些人走来恳求、挽留。但是，穆斯塔法默不作声，然后低下头去。站在他周围的人们看见他泪流如注，直滴落在胸膛上。

穆斯塔法走去，众人随着他走向神殿前的宽大广场。

　　＊　　＊　　＊

一位名叫美特拉的女预言家从神殿里走出来。

穆斯塔法用充满温情的目光望了女预言家一眼，因为她是他进城仅一天的时间里第一个向他走来并寻求他相信的人。

女子深情地问候他，然后说：

上帝的先知，极致境地的探索者，

一直眺望天际寻觅自己航船的人呀，

你盼望的船已经来了，你的启程已成定局。

你对记忆中的土地和强烈希冀中的故国是多么渴望眷恋！我们的爱是拴不住你的，我们的需要也留不住你。

但是，在你离开我们之前，我们请求你给我们谈上一谈，用你的真理把我们武装一番。

我们将用这些真理武装我们的子女，他们也将把真理传给他们的子女，如此代代相传，永世不断。

你曾在孤独中关怀着我们的白日；你曾在苏醒中倾听我们睡梦中的哭与笑。

现在，我们请求你把我们的内心世界揭示给我们，把你所知道的关于生与死之间的学问告诉我们。

＊　　＊　　＊

穆斯塔法回答他们说：

奥法里斯城的居民们，除了回旋在你们心灵里的那些东西，我还能谈什么呢？

论　爱

美特拉说：请给我们谈一谈爱吧！

穆斯塔法抬起头来，望着众人，那里一片寂静，鸦雀无声。他用洪亮的声音说：

爱向你们示意，你们就跟它走，

即使道路崎岖，坡斜陡滑。

如果爱向你们展开双翅，你就服从它，

即使藏在羽翮中的利剑会伤着你们。

如果爱对你们说什么，你们只管相信它，

即使它的声音惊扰你们的美梦，犹如北风将园林吹得花木凋零。

＊　　＊　　＊

爱为你们戴上冠冕的同时，也会把你们钉在十字架上。

爱能强壮你们的骨干，同时也要修剪你们的枝条。

爱能升腾到你们天际的至高处，抚弄你们那摇曳在阳光里的柔嫩细枝。

爱同样能沉入你们那伸进泥土里的根部，并将根部动摇。

* * *

爱把你们抱在怀里，如同抱着一捆麦子。

爱把你们舂打，以使你们赤身裸体。

爱把你们过筛子，以便筛去外壳。

爱把你们磨成面粉。

爱把你们和成面团，让你们变得柔软。

爱再把你们放在他的圣殿里的火上，以期让你们变成上帝圣筵上的神圣面包。

* * *

爱如此摆弄你们，为的是让你们知道你们心中的秘密。依靠这一见识，你们就能成为存在之心的一片碎屑。

* * *

如果你们心存恐惧，只想在爱中寻求安逸和享受，

那么，你们最好遮盖起自己的裸体，逃离爱的打谷场，

走向一个没有季节更替的世界：在那里，你们可以笑，但笑得不尽情；在那里，你们可以哭，但眼泪淌不完。

* * *

爱，除了自己，既不给予，也不索取。

爱，既不占有，也不被任何人占有。

爱，仅仅满足于自己而已。

* * *

当你爱的时候，你不要说"上帝在我心中"，

而要说"我在上帝心中"。

你切莫以为自己能够指引爱之行程。

爱会引导你，如果发现你适于引导。

*   *   *

爱除了实现自我，别无所求。

当你爱时，而且还要伴随着某些愿望，那就把这些作为你的愿望吧：

融化自己，变得像一条流淌的溪水，对夜色哼唱小曲；

感受过分温柔产生的痛苦；

接受由对爱的了解为你带来的伤害；

心甘情愿地任你的血流淌；

黎明即起，带着一颗生翅膀的心，满怀谢意迎接爱的新一天来临；

中午小憩，深深沉浸在爱的微醉之中；

黄昏回家，满怀感恩之情；

入睡之时，你的心为你心爱之人祈福，唇间哼吟着赞美的歌。

论婚姻

美特拉又问：夫子，关于婚姻，你有何论说呢？

穆斯塔法回答道：

你俩同生，相伴到永远。

当死神的双翼带走你的岁月时，你俩在一起。

是的,同样在默默思忆上帝之时,你俩也在一起。
不过,你俩结合中要有空隙。
让天风在你俩间翩翩起舞。
*　　　*　　　*

你俩要彼此相爱,但不要使爱变成桎梏;
而要使爱成为你俩灵魂岸边之间的波澜起伏的大海。
你俩要相互斟满杯子,但不要用同一个杯子饮吮;
你俩要互相递送面包,但不要同食一个面包。
一道唱歌、跳舞、娱乐,但要各忙其事;
须知琴弦要各自绷紧,虽然共奏一支乐曲。
*　　　*　　　*

要心心相印,却不可相互拥有;
因为只有"生命"的手才能容纳你俩的心。
要相互搀扶着站起来,但不要紧紧相贴;
须知神殿的柱子也是分开站立着的,
橡树和松树也不在彼此阴影里生长。

论孩子

一位怀抱婴儿的妇女说:请给我们谈谈孩子吧。
穆斯塔法说:
你们的孩子并不是你们的,
而是"生命"对自身的渴望所生的儿女。

他们借你们来到世上,却并非来自你们,
他们虽与你们一起生活,却并不属于你们。

*　　　*　　　*

你们可以把爱给他们,却不能给他们思想。
因为他们有他们的思想。
你们能够庇护他们的身体,却不能庇护他们的灵魂。
因为他们的灵魂居于明日的华屋,那是你们无法想见的,即使在梦中。
你们可以努力以求像他们,但不要试图让他们像你们。
因为生命不能走退步,它不可能滞留在昨天。
你们是弓,你们的孩子则是从你们的弓弦上射出的实箭。
射手看见竖立在无尽头路上的目标,
他会用自己的神力将你们的弓引满,以便让他的箭快速射至最远。
就让你们的弓在射手的手中甘愿曲弯;
因为他既爱那飞快的箭,也爱那静止的弓。

论施舍

一个富翁说:请给我们谈谈施舍吧。
穆斯塔法答道:
当你把你的财产给人时,那只是施舍了一点点儿。
只有把你自身献给他人,那才是真正的施舍。

你所占有的岂不是惧怕明天需要它而保存起来的东西吗？

那明天，随从前往圣城朝觐时，把骨头埋在无人迹的沙土里的多虑的狗，又能储存下什么呢？

除了需要本身，还需要惧怕什么呢？

你的井水充溢时还惧怕干渴，那不是无法解救的干渴吗？

* * *

有的人家财万贯，却只拿出一星半点儿给人，

他们还自诩为施舍；他们心中暗藏的欲念难免要葬送他们的施舍善意。

有的人囊中羞涩，却慷慨献出全部。

他们笃信生命及其丰富内存，因而他们的金库总也不空。

有的人乐于施舍，施舍之乐便是他们的报酬。

或者痛苦地施舍，在痛苦中净化自己的灵魂。

有的人施舍既不觉痛苦，也不寻欢乐，亦不知道施舍是一种美德。

有些施舍的人，就像山谷中的桃金娘，只管把芳香撒向天空。

上帝通过这些乐善好施者的手说话，透过他们的眼睛将微笑洒满大地。

* * *

向求乞者施舍，当然好，若向未开口的，而你早知道的饥馑者施舍，那就更好了。

对于乐善好施者来说，主动觅寻有待周济之人，较之施舍的快乐有过之而无不及。

你真有什么必须保留的东西吗？

终有一天，你的一切所有都要给人。

你现在就施舍吧！让施舍的时令属于你，而不属于你的继承人。

*　　*　　*

你常说："我一定施舍，但只给那些配得恩施的人。"

但你的果园中的树木及你牧场上的羊群不这样说。

他们为了生存而施舍，因为守财导致灭亡。

毫无疑问，凡配得到白昼与黑夜的人，均应得到你所施舍的一切。

凡配从生活的大洋中饮水者，均配在你的小溪中灌满自己的杯子。

接受施舍的勇气、信心和慈善是一种美德，还有比这更伟大的美德吗？

你是何许人，竟敢要人们向你袒露心中隐私，抛弃狂傲外衣，让你看看他们的价值和无愧傲气？

还是首先审视一下你自己是否配做施舍者，是否配做施舍者的工具吧！

其实，生命是生命的施舍者，自以为是施主的人啊，你不过是个证人罢了。

* * *

你们,接受施舍的人们——你们都是接受者——你们不必过分感恩戴德;如若不然,会把轭加在你们和施舍者的肩上。

你们和施主理应一道起来,否则便是怀疑以慈善大地为母、以上帝为父的施舍者的慷慨仁义之情了。

论饮食

一个开饭店的老者说:请给我们谈谈饮食吧!

穆斯塔法说:

但愿你们能够依赖大地的芳菲而生存,就像攀缘藤萝那样依靠阳光的供养。

既然你们必宰牲而食,非从幼畜口中夺取奶汁解渴,那么,你们使之成为了一种祭拜仪式。

让你们的餐桌成为祭坛吧!祭坛上那来自平原和丛林中的纯洁、清白的肴馔,正是为了使人变得更纯洁、更清白而牺牲的。

* * *

你宰牲时,心里要对它说:

"宰杀你的权力,同样也将把我宰杀;我的命运与你相同,都要走向死亡。

"把你送到我手里的法规,也将把我送到一只更强大的手里。

"你我的血,都不过是营养永恒之树的液汁。"

＊　　＊　　＊

当你用牙咀嚼苹果时,心中要对它说:

"你的籽将在我的体躯中生存,

"你明日的蓓蕾将在我的心中开花,

"你的芳香将成为我的气息,

"我们伴随着四季一道欢乐。"

＊　　＊　　＊

秋天,当你从你的葡萄园里采摘葡萄,以便将之送去榨汁酿酒时,你要对葡萄说:

"我也是葡萄,果实也要送去榨汁酿酒。

"像新酒一样,将被存储在永恒的桶里。"

冬天,当你饮酒时,你的心中要对每一杯酒唱歌。

让你的歌中充满对秋天、葡萄园及榨汁酿酒作坊的怀念。

论劳作

一个农夫说:请给我们谈谈劳作吧。

穆斯塔法说:

你劳作,为的是与大地及其灵魂一道前进。

因为松弛懈怠者将成为时节的陌路人,并会远离生命的队列,而生命的队列正在迈着庄重的步伐,昂首、顺利地走向永恒。

　　劳作时，你是一支芦笛，时光的低语在你的腹中变成了乐曲。

　　在万物合唱之时，你们当中谁愿意做一支哑然无声的芦笛呢？

*　　*　　*

　　你们常听人说，劳作令人厌恶，苦劳是祸殃。

　　我要对你们说，你们劳作之时，实现的是大地的深远梦想的一部分；而那梦想诞生之日，实现它的责任就是你们的。

　　你们进行劳作时，就是实实在在地实践对生命的热爱。

　　通过劳作热爱生命，便彻悟到了生命最深的秘密。

　　当你们痛感生活的疾苦之时，会把出生唤作悲剧，把养身视为可诅咒之事，并且写在你们的额上。那么，我要对你们说：只有用你额上的汗水，才能洗掉你们写在额上的字句。

*　　*　　*

　　也有人对你们说，生命是黑暗的，致使你们在过度疲倦之时，重复疲惫者们所说的那些话。

　　我要说，没有激励，生命的确是黑暗的；

　　不与知识结合，一切激励都是盲目的；

　　不与劳作结伴，一切知识都是无用的；

　　不与仁爱相配，一切劳作都是空虚的；

　　当你的劳作与爱相结配时，你便与你自己、与他人还有上帝连在一起了。

* * *

怎样才是满怀仁爱地劳作呢?

那就是用从你心中抽出的线织布做衣,仿佛你所爱的人将要来穿。

那就是满怀热情地建造房屋,仿佛你所爱的人将要来住。

那就是满怀温情地播种,欢天喜地地收获,仿佛你所爱的人将要来吃。

那就是把你心灵的气息灌输到你所制作的一切之中去。

你当知道你的先人们都在你的周围看着你。

* * *

我常听见你们好像说梦话:

"雕刻大理石,在石头里寻找自己灵魂形象的人,要比耕夫高贵多了。

"撷取虹的色彩,在画布上绘人像的人,要比编草鞋的人高明多了。"

至于我,则要在正午完全清醒时说,

风同高大橡树的低声细语,并不比同大地上最小的草更温柔。

只有把风声变成柔美歌声,并且将自己的爱心加入其中的人,才是伟大的人。

* * *

劳作是眼能看见的爱。

如果你进行劳作时不是满怀着爱,而是带着厌恶心理,还不如丢下工作，到庙门去，等待高高兴兴的劳作者们周济。

假若你无所用心地去烤面包，烤成的是苦面包，只能为半个人充饥。

假若你怀着怨恨榨葡萄汁酿酒，你的怨恨会在葡萄里掺进毒液。

你能像天使一样唱歌，却不喜欢唱，那就堵塞了人们的耳朵，使他们听不见白昼和黑夜的声音。

论悲欢

一个妇人说：请给我们谈谈悲伤与欢乐吧。

穆斯塔法说：

你们的欢乐，正是你们揭去面具的悲伤。

供你汲取欢乐的井，常常充满着你们的泪水。

事情怎会不如此呢？

悲伤在你们心中刻的痕迹愈深，你们能容纳的欢乐便愈多。你们盛酒的杯子，不就是曾在陶工的窑中烧的那只杯子吗？

使你们心神愉悦的那把琴，不是刀刻的那块木头吗？

当你沉浸在欢乐之中时，深究你的内心深处，就会发现曾是你的悲伤泉源的，实际上是你的欢乐所在。

当你沉浸在悲伤之中时，重新审视你的心境，就会发现曾是你欢乐泉源的，实际上又成了你的悲伤所在。

＊　　　＊　　　＊

有人说:"欢乐大于悲伤。"

另一些人说:"悲伤更大。"

我要对你们说,悲欢是相互不可分离的。

悲欢同至,其一在与你同桌共餐,另一个则正睡在你的床上。

实际上,你们就像天平的两个盘子,悬在你们的悲与欢之间。

只有你们的心中空空如也之时,那两个盘子才能平衡,你们的情况才会稳定下来。

当司库举起你用来称量他的金银时,你的悲与欢就不免要升或降了。

论房舍

一个泥瓦匠走上前来,说:请给我们谈谈房舍吧。

穆斯塔法说:

你在城中建造房舍之前,先用你的想象力在旷野建造一个草舍吧。

因为就像你黄昏之时有家可归一样,你那漂泊在遥远、孤独天际的迷魂,也该有个归宿之地。

你的房舍是你更大的躯壳。

房舍在阳光下生长,静夜里入眠,且眠中不能无梦。你的房舍不做梦吗？不曾在梦中离开城市，走入丛林，或登上山巅吗？

* * *

但期我能把你们的房舍握在手里，就像农夫耕种一样，把你们的房舍撒在平原和丛林里。

愿谷地成为你们的街市，绿径成为你们的小巷，你们人人可穿过葡萄园去走亲访友，返回时衣褶间夹带着大地的芳香。

但此刻尚未到来。

你们的祖辈心存恐惧，因而把你们彼此聚集在一起。

这种恐惧必存在一段时间。

直到你们的城墙将你们的房舍与田地分隔开来。

* * *

奥法里斯城的居民们，请你们告诉我，你们这些房舍里有些什么东西？你们的门紧锁着，保卫的又是什么东西呢？

你们有和平吗？那不就是显示你们力量的温和动力吗？

你们有回忆吗？那不就是架在思想山峰间的闪光拱桥吗？

你们有美吗？那不就是把你们的心从木雕石刻天际引上圣山的东西吗？

请告诉我，你们的房舍里有这些吗？

或者你们只有舒适及对舒适的欲望？那种诡秘的东西，悄悄潜入你们的房舍做客，旋即反客为主，继而成为家长。

嗨，它继之变成一个驯兽者，挥舞着钩和鞭，把你们的宏大意愿化为它手中的玩具。

是啊,它手柔如丝,心却如铁铸。

它为你们催眠,目的在于站在你们的床边,讥笑你们躯体的尊严。

它戏耍你们那健全的感官,将之像易碎器皿一样丢在蓟绒刺间。

无疑,贪图舒适的欲望,熄灭了灵魂激情烈火,之后狞笑着走在送葬行列中。

*　　　*　　　*

你们哪,太空的女儿,平静时也安不下心来,

你们不会陷入罗网,也不会被驯服。

你们的房舍永远不会成为下抛之锚,而是挺立的桅杆。

你们的房舍不会成为遮盖伤口的闪光薄皮,而是保护眼睛的眼帘。

你们不会因过门而收起翅膀,或因害怕碰着天花板而低头,或者担心墙壁崩裂坍塌而屏着呼吸。

不,你们不能住在死人为活人建造的坟墓里。

尽管你们的房舍富丽堂皇,但不应使之隐藏你们的秘密,或者使之居住在"天国";那天国以清晨雾霭为门,以夜之歌及其寂静为窗。

论衣服

一位纺织工说:请给我们谈谈衣服吧。

穆斯塔法回答道：

你们的衣服遮住了许多美，却遮不住你们的丑。

你们在你们的衣服里，虽然可以寻到隐秘的自由，但却也发现了桎梏与枷锁。

我真希望你们多用皮肤而少用衣服去迎接太阳和风。

生命的气息隐藏在太阳光里，生命之手随着风移动。

* * *

你们当中有的人说：

"我们穿的衣服是北风织成的。"

我要说："对的，正是北风。"

但它是用羞涩当织机，以柔弱肌肉作经纬，刚刚织完，便笑着跑向丛林中。

你们不要忘记，羞怯是挡住污秽目光的盾牌。

当污秽完全消失之时，余下的羞怯不就是心灵的桎梏和腐蚀剂吗？

不要忘记大地喜欢接触你们的赤脚，风渴望抚弄你们的长发。

论买卖

一位商人说：请给我们讲讲买卖吧。

穆斯塔法说：

大地贡献果实给你们，假若你们只知道摘满双手，你们也就不该要它了。

你们拿大地的献礼做交易,不仅得到富裕,还会感到心灵上的满足。

假若你们不本着爱和公平进行交易,必将有人贪婪成性,有人饥饿潦倒。

* * *

大海上、农田中和葡萄园里的劳动者们,

当你们在市场上遇见织工、陶匠和香料商时,

要一道祈求大地的主神到你们中间来,圣化你们的天平和交易计量的核算。

你们不要让那些游手好闲的人参与你们的交易,因为他们会用花言巧语来骗取你们的劳动果实。

你们要对这些人说:

"和我们一起到田间,或同你们的兄弟一道去下海撒网吧;

"因为大地和海洋对你们像对我们一样慷慨。"

* * *

如果在那里见到了歌手、舞蹈家和吹笛子的,你们也要买他们的东西。

因为他们和你们一样,都要采集果实和乳香;

他们带给你们的虽是梦幻的织物,但却是你们灵魂的衣和食。

* * *

你们离开市场之前,要留意不让一个人空手而回。

因为大地的主神只有在你们每个人的需求都得到满足时，才会安枕风翼进入梦乡。

论罪与罚

本城的一位法官走上前，说：请给我们谈谈罪与罚吧。

穆斯塔法说：

当你们的灵魂随风飘荡时，

你们孤独，无人监督，不慎对别人犯下过错，同时也对你们自己犯了过错。

因为犯了过错，你们只有去敲天府圣门，不免受到怠慢，让你等上一时。

* * *

你们的神性自我像汪洋大海，

永远一尘不染。

又像以太，

只助有翼者高飞。

你们的神性自我也像太阳，

既不识鼹鼠的路，也不寻觅蛇的洞穴。

但是，你们的神性自我并不独自居于你们的实体之中。

你们实体里的，有一大部分是人性的，还有一部分尚未变成人性的。

那只是一个未成形的侏儒，睡梦中在雾霭里行走，寻求自己的觉醒。

我现在就谈谈你们的人性吧，

只有它才晓得罪与罚，而你们的神性自我和雾霭中行走的侏儒，却全然不知。

* * *

我常听你们谈起一个犯了过错的人，仿佛他不是你们当中的一员，而是一个闯入你们天地的陌生人。

至于我，却要说那纯洁或善良者，超不过你们每个人心灵中的至纯至善；

同样，那恶劣或柔弱者，也不会低于你们每个人心灵中的极恶极弱。

正如一片树叶，只有得到整棵树的默许，才会枯黄。

就像那作恶者，如果不是你们大家暗中默许，他是不会作恶的。

仿佛你们行走在队伍中，都要寻找你们的神性。

你们既是路，也是行路者。

倘若你们当中有人跌倒，是为后面的人而跌倒的，那便是告诫他们，让他们绕开绊脚石。

是的，他也是为前面的人绊倒的。他们虽然比他走得速度快，脚步也比他稳，却未曾挪开那块绊脚石。

* * *

我还有话对你们说，尽管我的话对你们的心来说很沉重：

被杀者对自己被杀，不能全然无辜；

被劫者对自己被劫，不能全无可责；

正直人也不能完全摆脱恶人犯的过错，

清白人也不能完全摆脱罪人犯的罪过。

是的，罪犯常常是受害者的牺牲品。

更多的是被定罪的人往往替那些无罪的和未受责备的人担负罪责。

你们不能把公正与不公、善与恶分裂开来；

因为他们同站在太阳面前，如同交织在一起的黑线和白线。

黑线断时，织工就要察看整匹布，也要察看织机。

* * *

假若你们当中有人要把一个负心妻子送上法庭，

那就让她把她丈夫的心也放在天平上称一称，并拿尺子将其灵魂量一量。

你们中谁想鞭打伤害者，就请先察看一下受伤害人的心灵。

你们中谁想以正义之名砍伐罪恶之树，那就用刀剜出树根仔细观察；

他定将发现好根与坏根相互交织着。

探求公正的法官们哪，

你们怎样宣判外表无辜、内藏罪恶的人呢？

你们怎样惩罚杀人肉体而自己灵魂遭杀的人呢？

你们怎样控告那种行为属于欺骗和伤害，

而实际上自己却受了委屈和虐待的人呢？

*　　　*　　　*

你如何惩处那些悔悟大于过错的人呢？

悔悟不正是你们乐于奉行的法律所支持的公道吗？

但是，你们不能够把悔悟强加在无辜者的身上，也不能够从罪犯的心中将之剔除。

悔悟将在黑夜里自发呐喊，唤醒人们进行内心自检。

欲诠释公道的人们，若不在明光下细察全部行为，你们的愿望怎能实现？

只有在那里，你们才能弄明白，站着的和倒下的却是同一个人，黄昏时分，在自己侏儒性的黑夜与神性的白昼之间站立着，也会晓得那神殿的角石，并不比殿基里的任何一块最差的石头高贵。

论法律

一位律师说：关于我们的法律，你有何见教呢？

穆斯塔法说：

你们乐于立法，

但你们更喜欢犯法。

正像在海边玩耍的孩子，他们不断地用岸沙堆塔，然后又笑着把沙塔毁掉。

不过，在你们筑塔之时，大海又把更多的沙子推到岸边；

当你们毁掉沙塔时,大海也同你们一起欢笑。

是的,大海总是和天真无邪的人一起欢笑。

可是,对那些既不把生命看作大海,也不把人制定的法律视为沙塔的人,应当怎样呢?

对那些把生命看作石头,将法律视为能在石头上雕刻出自己形象的凿子的人,又当怎样呢?

对憎恶舞蹈家的瘸子,当怎样呢?

对喜欢牛轭,甚至把林中麋鹿视作迷途、流浪的牛崽的牛,又当怎样呢?

对年迈无力蜕皮,却把除自己之外的虫豸都斥为赤裸、无耻的老蛇,又当怎样呢?

对早赴婚筵、撑饱而去,却说"一切筵席都是犯罪,所有宾客都是犯罪"的人,当怎样呢?

* * *

对于这些人,我除了说他们像别人一样站在日光里,却背对着太阳之外,还能说什么呢?

他们只能看自己的影子;他们的影子便是他们的法律。

他们认为太阳只是影子的根源吗?

在他们看来,承认法律只不过是弯曲着身子,在地上寻觅法律的影子吗?

面朝着太阳行走的人们,落在地上的影像能限制住你们吗?

随风游移的人们,风向标能为你们引路吗?

假若你们不在任何人的囚室门上砸碎你们的镣铐,

那么,那种人制定的法律能来束缚你们吗?

你们纵情狂舞,只要不碰任何人的索链,你们还怕什么法律呢?

假如你们脱下自己的衣服,不把它丢在别人走的路上,谁会把你们送上法庭呢?

* * *

奥法里斯的居民们,纵然你们能够抑制住鼓声,并能松弛琴弦,可谁能命令云雀停止歌唱呢?

论自由

一位雄辩家说:请给我们谈谈自由吧。

穆斯塔法答道:

我们曾看见你们在城门前和自家炉火旁,对你们的自由顶礼膜拜,

就像奴隶们,在暴君面前卑躬屈膝,为鞭笞他们的暴君歌功颂德。

在寺庙广场,在城堡的阴影里,我看见你们当中对自由怀着最强烈热情的人,他们把自由像枷锁那样戴在自己的脖子上。

我的心在滴血;因为只有当你们把自由化为愿望,而不是你们的羁绊,不再把自由谈论为你们追寻的目标和成就时,

你们才能成为自由人。

* * *

与其说当你们的白天不无忧虑而过，你们的黑夜不无惆怅而去之时，你便获得了自由。

不如说当忧愁包围你们时，你们却能赤裸裸地毫无拘束地超脱之，你们才真正获得了自由。

* * *

假若你们不砸碎随你们苏醒的晨光而诞生，生命的太阳又将之加在你们身上的锁链，你们怎能超脱这些白昼和黑夜呢？

其实，你们说的那种自由，是这些锁链中最坚固的锁链，虽然链环在阳光下闪闪放光，令人眼花缭乱。

* * *

你们想成为自由人而要挣脱掉的东西，不就是你们自身的碎片吗？

如果那就是你们想废除的一个不公正的法律，但那法律却是你们亲手写在你们的前额上的。

纵然你们烧掉你们亲手写的法典，倾大海之水冲刷法官们的前额，也无法抹掉那个法律。

假若那里有你们想废黜的暴君，也要首先看看你们在自己的心中为他建造的宝座是否已经毁掉。

一个暴君怎能统治自由和自尊的人们呢？除非他们的自由被专制，他们的尊严中包含着耻辱！

假如这就是你们欲摆脱的忧虑,那是你自选的,并非他人强加于你的。

假如这就是你们想驱散的恐惧,那是它的座位在你的心里,而不是握在你所怕之人手中。

*　　　*　　　*

说真的,在你们灵魂深处的一切事物,都是运动着的,包括期盼的与恐惧的,可恶的与可爱的,追寻的与回避的,几乎都是永恒相互拥抱着的。

这所有一切都在你的灵魂里运动着,就像运动着的光与影,成双成对,互不分离。

阴影淡化消失时,留存的光就变成了新光的阴影。

你们的自由就是如此:当它挣脱了自己的镣铐时,它自身便化为更大自由的镣铐。

论理智与热情

女祭司又开口说:请你给我们谈谈理智与热情吧。

穆斯塔法答道:

你的心灵常常是战场,你的理智、判断总在那里和你的热情、嗜好打仗。

我真想作为一个和平的调解人莅临你的心灵中,将那里相互对立、争斗的因素融合为彼此谐调的一体,共奏同一支乐曲。

但我的愿望难以实现,除非你的心灵致力于和平,并且钟爱你心灵中的各种因素。

*　　　*　　　*

你的理智和你的热情,是你那航行在海上的灵魂的舵与帆。

一旦舵毁或帆破,海浪就会把船抛离航线,或使船漂泊在海面。

因为理智独自当权,就会变成禁锢你的力量;而热情,你们一旦听任之,便化为火焰,甚至自焚。

那么,就让你的灵魂带着你的理智飞至热情的最高点,直至引吭高歌。

让你的灵魂用理智引导你的热情,让它在每日复活中生存,像凤凰一样自焚,然后从灰烬中涅槃重生。

但愿你将你的判断和嗜好当作两位嘉宾对待,

切不可厚此薄彼,因为如果厚待其一,便会失去两位嘉宾的爱戴与信任。

*　　　*　　　*

在山林中,你坐在白杨树荫下,享受着来自田野和草原的宁静与清凉,就让你的心反复默念:"上帝之魂静息于理性之中。"

当风暴刮起,暴风撼动林木,雷鸣电闪显示苍天威严之时,就让你的心敬畏地默念:"上帝之魂波动于理性之中。"

既然你是上帝天空里的一股气息,又是上帝森林中的一片叶子，你也应在理智中静息，在热情中波动。

论痛苦

一个妇人说：请给我们谈谈痛苦吧。

穆斯塔法说：

你的痛苦，是包裹着你的知识的外壳碎裂。

就像果核碎裂一样，以便将果仁露在太阳光下，因为你们心须理解痛苦。

假若你的心能为每天绽现在你面前的奇迹而感到欢悦欣喜，那么，你便认为你的痛苦之妙并不亚于你的欢乐；

你就会像乐意接受你的田野上经历的春夏秋冬四季一样，乐于接受心上季节的变换；

你也就会泰然自若地站着守望你那悲凉的冬天。

* * *

正是你自己选择了你的大部分痛苦。

那是你心里的医生为医治你的病而给你的苦药。

因此，你要信从医生，放心地默默服下它。

医生的手尽管沉重而粗糙，但却由冥冥中的上帝之手指引着。

医生带来的杯子，尽管会灼烧你的双唇，却是上帝用自己的神圣眼泪和成的泥焙制成的。

论自知

一个男子说：请给我们谈谈自知之明吧。

穆斯塔法说：

你的心在默不作声中知晓日夜之奥秘。

但是，你的耳朵渴望听到发自你内心的知识之声。

你多么想用语言了解凭思想晓知的奥秘！

你多么希望用手指触摸幻想的赤裸躯体！

* * *

你想得多好啊！

隐藏在你灵魂中的泉水定会溢出，低声吟唱着奔向大海；

你内心深处的宝藏定会呈现在你眼前。

不过，千万不要用秤去称量你那未知的珍宝，

也不要用标尺竿或绳子去探测你那知识之渊的深浅。

须知自我就是不可丈量的无边大海。

* * *

不要说"我找到了真理"，

而要说"我找到了一条真理"。

不要说"我找到了灵魂的道路"，

而要说"我发现灵魂在我的道路上行走"。

因为灵魂行走在所有道路上。

灵魂既不在一条划定的路上行走，又不像芦苇那样生长。

灵魂像荷那样开花，花瓣不计其数。

论传授

一位教师说：请给我们谈谈传授吧。

穆斯塔法说道：

任何一个人都不能向你揭示什么，除非他在知识的拂晓里微睡时。

在神殿的阴影里，行走在弟子们中间的教师，他所传授的不是他的智慧，而是他的信仰和仁爱。

如果他真是大智者，则不会让你进入他的智慧之门，而只会把你引向你的心灵门槛。

*　　　*　　　*

天文学家也许会向你谈他对宇宙的理解，但却不能把他的这种理解给予你。

音乐家也许会向你唱那韵律遍布宇宙的曲子，但却不能把他那听取韵律的耳朵和他应和韵律的声音给予你。

通晓数学的学者能向你谈度量衡的范围，可是，却不能引导你走入数学殿堂。

因为一个人不能把洞察力的翅膀借给他人。

正如上帝对你们每个人的认识是不同的，你们对上帝和大地秘密的理解也各不相同。

论友谊

一个青年说：请给我们谈谈友谊吧。

穆斯塔法说：

你的朋友是你的能满足的需求。

朋友是你的田地，你在那里满怀爱意播种，满怀谢意收获。

朋友是你的餐桌，是你的火炉。

因为你饥饿地奔向他，在他那里寻求安稳。

*　　　*　　　*

当你的朋友向你吐露心声之时，你既不怕坦诚地向他说"不"，也不会不肯向他说"是"。

当你的朋友沉默时，你的心仍然在倾听他的心声；

因为在友谊里，一切思想，一切愿望，一切希冀，均在毫无炫耀之中产生和共享。

你与朋友别离时，不要忧伤；

因为朋友的可爱之处在于，当他不在之时，你会觉得友谊更加清晰，这正如登山者在谷地里望山峰，山峰显得更加分明。

除了加深神交之外，不要对友谊抱别的目的。

因为那种只探求揭示自身秘密的爱，并不是爱，而是一张撒下的网，只能网住一些无用的东西。

* * *

你要把你灵魂中最美好的东西，留给你的朋友。

要让朋友知道你生命的落潮，也要让他知道你生命的涨潮。

你为打发空余时光而找的人，那算是什么朋友？

你要常找朋友共度生命的宝贵时光。

朋友不是为了填补你心灵的空虚，而是为了满足你的需要。

要让友谊在温柔甜美中充满欢笑和同乐。

因为在润物的露珠中，心可以寻到自己的清晨，继而精神抖擞。

论说话

一位学者说：请给我们谈谈说话吧。

穆斯塔法回答道：

当你与你的思想之间发生争论时，你就要说话了。

当你无法在心的孤寂中生活时，你的生活便挂在你的唇上，发出声音，作为娱乐和消遣。

伴随着你的大多话语，思想半受残害。

因为思想是天空之鸟，在语言的樊笼里能够展翅，但却不能飞翔。

* * *

你们当中有些人，因怕寂寞，便去找贫嘴人。

因为孤独的寂静中，呈现在他们眼中的将是赤裸裸的自我，于是设法逃避。

你们当中有的人说话时，在不知不觉或不加思索中，揭示一条真理，而他们自己并不懂得它。

有的人把真理深藏心中，却不肯用话讲出来。

在这些人的胸中，心灵居住在韵律和谐的寂静里。

* * *

当你在路上或市场里遇到你的朋友时，就让你的心灵拨动你的双唇，指挥你的舌头。

让你声音里的声音，对朋友的耳朵说话。

因为朋友的心灵会保存你心中的真理，

如同酒的颜色被忘掉了，酒杯也被丢掉，但舌头总保存着酒的滋味。

论时间

一位天文学家说：夫子，请给我们谈谈时间吧。

穆斯塔法说道：

你要衡量那不可测和不可量的时间。

你要按照时辰和季节调整你的举止和行动，引导你精神前进的方向。

你要把时间视作一条小溪，静坐溪旁，观察溪水流淌。

* * *

但是，你那内心的永恒，却深知生命不能用时光丈量。

也知道昨天只不过是今天的回忆,而明日不过是今天的梦。

你内心所歌唱和所思索的,仍然居于最初时刻的广阔空间里,那里散布着天空的浩繁星斗。

在你们当中,又有谁不觉得他那爱的力量是无穷无尽的呢?

又有谁不感到,那爱虽则无尽,却总绕着自身的核心转动,而不会从一种爱的思想转移到另一种爱的思想,从一种爱的行为转移到另一种爱的行为呢?

时间不正像爱一样,既不可分割,又是不可用步测量的吗?

*   *   *

如果思维要你把时间分成季节,

那就让每一个季节围绕着其余季节,

让现在用记忆拥抱过去,用温情拥抱明天。

论善与恶

城中的一位长老说:请给我们谈谈善与恶吧。

穆斯塔法说:

你们的善,我能够谈;但恶,不能谈。

恶,不就是被自身饥饿折磨得精疲力竭的善吗?

确确实实,善临饥饿之时,会到黑暗山洞里去觅食;善到干渴之时,会去饮死水。

　　　　　　＊　　　＊　　　＊

　你与自我合而为一时,你便是善者;

　如若不能合而为一时,你就是恶人。

　一座被分隔的房子,并不是贼窝,仅仅是一座被分隔的房子罢了。

　一条船没有舵,或许会漂泊在充满险阻的群岛之间,但却不会沉入海底。

　　　　　　＊　　　＊　　　＊

　当你努力自我奉献时,你是善者;

　但是,当你为自己谋求利益时,你也不是恶人。

　当你为自己谋利时,你就像树根,深扎在大地里,吮吸大地的乳汁。

　当然,果实不能对树根说:"你要像我一样成熟、丰硕,永远奉献。"

　因为对于果实来说,奉献是一种需要,而对于树根来说,吸收也是一种需要。

　　　　　　＊　　　＊　　　＊

　你在完全清醒时谈话,你是善者;

　而你在微睡时,口舌无目标地发呓语,你也不是恶人。

　或许结结巴巴的话语,能扶助柔弱无才的口舌。

　　　　　　＊　　　＊　　　＊

　当你迈着坚定步伐走向目标时,你是善者;

　但你的步子蹒蹒跚跚,你也不是恶人。

瘸子虽拐，却也不会后退。

你们这些身强力壮、健步如飞的人，

不要出于对瘸子的同情和怜悯，便在瘸子面前故作跛子行路。

* * *

在数不清的事情上，你是善者；

但是，你一时逃避善事，你也不是恶人。

你只不过迟缓、疏懒罢了。

* * *

在你渴求"大我"之中隐藏着善；你们每个人的心中都有这种渴求。

但是，在你们部分人的心中，这种渴求如同汹涌的洪流，挟带着山丘的秘密和森林的颂歌，滔滔奔向大海。

而在另一部分人的心中，这种渴望像平缓的小溪，徐徐徘徊在弯弯曲曲的途中，迟迟不到海边。

但是，千万不要让渴求强烈的人对渴求淡薄的人说："你为什么行动如此迟缓？"

因为真正的善者不会问赤身裸体者："你的衣服在哪里？"

也不会问流浪汉："你的房子是怎样坍塌的？"

论祈祷

一个女祭司说：请给我们谈谈祈祷吧。

穆斯塔法答道：

你们在悲伤或需要时祈祷。

但愿你们在心里充满欢乐和日子宽裕时也祈祷。

* * *

祈祷不就是让你们的"自我"发散在活的以太之中吗？

假若你们发现向太空吐露心中的黯然之处是一种慰藉，那么，你们倾吐心中的灿烂晨光也会感到是一种快乐。

当你们的灵魂要你们祈祷时，你们抑制不住自己的泪水，尽管你们哭个不住，灵魂还是催促你们再次祈祷，直到你们眉开眼笑。

你们祈祷时，心灵升入云天，以便会见那些同时祈祷的人们；除了祈祷之时，你们不会见到他们。

就让你对冥冥中神殿的朝拜，成为微微陶醉、甜蜜柔美的聚会吧！

因为如果你进神殿只是求乞，那将一无所获；

假若你进神殿的目的只在于屈尊，那你的灵魂难以升华；

即使你进神殿是为他人求吉利，谁也不会听你的呼声。

只要你进入了那冥冥之中的神殿，也就够了。

* * *

我不能教你们用言语祈祷。

上帝不会听你们的言谈，除了那些上帝通过你们的口舌说的那些话。

我也不能把大海、森林、山岳的祈祷教给你们。

你们是大海、森林、山岳的儿子，你们能在你们的心中寻到它们的祈祷。

夜静之时，只要你们侧耳聆听，便可听到它们说：

"我们的上帝啊，你是我们那展翅高飞的自我。"

你的意志就是我们的意志。

你的愿望就是我们的愿望。

你赐予我们内心深处的动力将我们的黑夜转化为白天；那黑夜是属于你的，那白天也是属于你的。

我们的主啊，我们不向你祈求什么，因为我们心中的需求产生之前，你已经知道我们需要什么。

因为你就是我们的需要；在你把自己更多地赐予我们时，你早已把一切全赐予了我们。

论逸乐

每年都进该城的一位隐士走上前来，说：请给我们谈谈逸乐吧。

穆斯塔法答道：

逸乐是一支自由的歌，

但它并不是自由。

是你们的愿望开的花，

但却不是愿望之果。

是呼唤高的深，

但既不是深,也不是高。

是翅膀,却被关在笼中,

但不是被围绕的天空。

说实在的,逸乐是一支自由的歌。

我多么希望你们满心欢喜地歌唱它,

但却不希望歌把你们的心迷惑。

* * *

你们当中有些青年,他们寻求逸乐,仿佛逸乐就是一切,他们理应受到责备与惩罚。

假若我是你们当中的一员,我则既不责备他们,也不惩罚他们,而要鼓励他们去寻求。

因为他们找到逸乐之时,发现的不仅仅是逸乐;

他们将发现逸乐有七姐妹,其中最不漂亮的也比逸乐靓丽。

你们没听过一个刨地寻找树根的人却发现了宝藏吗?

* * *

你们当中有些老者,想起自己享受的逸乐,不免感到懊悔,仿佛那是他们醉时所犯下的罪过。

然而懊悔只是蒙蔽心灵,不是惩罚心灵。

他们应满怀谢意回忆自己的逸乐,就像他们回忆夏季的收获那样。

假若懊悔能给他们的心带来慰藉,那就让他们品味慰藉吧。

*　　　*　　　*

　　你们当中有的人,既不是寻求逸乐的青年,又不是回忆逸乐的老者。

　　他们在畏惧寻求回忆之时,弃绝一切逸乐,生怕怠慢或伤害了自己的心灵。

　　然而他们的逸乐就在他们的弃绝之中。

　　即使他们曾用颤抖的手刨寻树根,他们却也发现了宝藏。

　　不过,请你们告诉我,谁能伤及心灵呢?

　　或许夜莺能破坏夜的宁静,流萤能触犯繁星?

　　你们的火或烟能加重风神的负担吗?

　　或者你们以为心灵是一汪死水,仅用棍棒一根便能将之搅浑?

　　在你拒绝逸乐之时,常常是将欲望隐藏在你的内心深处罢了。

　　谁能料想今日能避开的事情,明天不会再等待着你呢?

　　你的体躯知道自己的遗传基因,也晓得自己的真正需要,任何东西都欺骗不了它。

　　你的肉体便是你灵魂的琴。

　　只有你才能使之奏出甜美乐曲或噪音。

　　*　　　*　　　*

　　你现在就问自己吧:"我怎样区别逸乐中的善与恶?"

　　你到田野和花园里去,就会发现蜜蜂在从花中采蜜时找到了逸乐。

而花儿让蜜蜂把蜜采走,也找到了逸乐。

在蜜蜂的眼里,花儿是生命泉源。

在花儿看来,蜜蜂是爱的使者。

蜜蜂和花儿在授受中找到了需要和欢乐。

* * *

奥法里斯城的居民们,在你们的逸乐之中,你们要像花儿和蜜蜂。

论 美

一位诗人说:请给我们谈谈美吧。

穆斯塔法回答道:

你们怎样去追寻美呢?假若美不做你们的路和向导,你们怎能找到美呢?

除了用美编织你们的言语,你们又怎能谈论美呢?

受虐待、遭伤害的人说:

"美仁慈而温柔,就像一位年轻的母亲,带着豪迈心情,其中又夹杂着些许羞涩,行走在我们中间。"

情感冲动的人说:

"不,美强大而可怕,就像暴风,下撼大地,上摇苍天。"

* * *

精疲力竭的人说:

"美是温柔的细语,在我们的心灵中低声说话。

"它的声音久久存在于我们的静寂之中,就像微弱的光,因惧怕黑影而颤动。"

惴惴不安的人却说:

"我们已经听到美在山峦中呐喊,

"紧随呐喊声而来的是马蹄声、翅膀拍击声和雄狮怒吼声。"

* * *

夜间,守城的人说:

"美将伴着曙光从东方升起。"

午时,劳动者和行路人说:

"我们已经看到美正凭着面临落日的窗口俯瞰大地。"

冬天,被冰雪所阻之人说:

"美将伴着春姑而至,活跃在群山之巅。"

炎炎夏日里,割麦子的人说:

"我们已经看见美正在与秋叶共舞,还看见美的发髻里夹带着雪花。"

* * *

是的,这都是你们对美的描绘。

其实,你们描述的不是美,而是你们那些未曾得到满足的需求。

美,并不是一种需求,而是一种欢悦。

美,并不是一张干渴的嘴,也不是一只伸出来的空手,而是一颗燃烧着的心,一个陶醉的灵魂。

美,既非你们想看见的一种形象,也不是你们想欣赏的歌。

美是你们闭着眼睛能看到的一种形象,又是你们捂着耳朵亦能听到的歌。

美,既不是隐藏在皱巴巴的树皮下的汁液,也不是联系着爪子的翅膀,而是一座鲜花开不败的花园,一群永远翱翔的天使。

* * *

奥法里斯城的居民们,美就是揭开面纱露出神圣面容的生命。

你们就是生命,你们就是面纱。

美是揽镜自照的永恒。

你们就是永恒,你们就是镜子。

论宗教

一位年迈牧师说:请给我们谈谈宗教吧。

穆斯塔法说道:

今天我讲过别的什么吗?

宗教不就是一切功德和省悟么!

或许它既不是功德,也不是省悟,而是一种惊异与感叹,二者常常发自于手雕坚石或操作织机时的心灵之中。

谁能把自己的信念与工作分开,或者将自己的信仰与事业分开？谁能把自己的时间摊展在自己的面前，说"这些属于上帝，这些属于我，这些属于我的灵魂，这些属于我的肉体"？

你的所有光阴，都是在空中扇动着的翅膀，不时地从自我飞到自我。

* * *

把德行穿在身上，当作华丽衣饰显摆的人，最好一直赤身裸体。

风与太阳不会使他的皮肤裂口。

以伦理界定行为的人，是把善鸣之鸟关在笼子里。

最自由的歌声，不是从铁丝网和铁栅栏里发出来的。

视礼拜为可开可关窗子的人，他尚未深入到自己的灵魂堂奥，因为灵魂的窗子是从黎明开启到黎明的。

* * *

你每天的生活，就是你的神殿和宗教。

无论你什么时候进神殿都要把一切带齐：

带上犁耙、熔炉、木槌和琵琶，

带上为你日常需要或娱乐所准备的东西。

因为你在梦中遨游时，你既不能飞翔在你的最高成就之上，也不能下降到你的失败之下。

你要让所有的人跟着你去。

因为在你的慕恋中，你不能飞翔在他们的希冀之上，也不能将自己降到他们的失望之下。

* * *

假若你想了解上帝,那就不要使自己仅仅成为解谜的人。

而要看看你的周围,就会发现上帝正在逗你的孩子们玩儿。

你要望望天空,与闪电一起伸展双臂,在雨水中降下。

你将看见上帝在花丛中微笑,在树林间挥动双手。

论死亡

美特拉开口道:现在请给我们谈谈死亡吧。

穆斯塔法说:

你想知晓死亡的秘密吗?

如果不在生命中探寻死亡,你又怎能找到它呢?

黑夜里能够看见,而在白天盲目的猫头鹰,它是不能揭示光明秘密的。

你如果真想揭开死亡的秘密,那就要对生命的肉体敞开你的心扉。

因为生与死是一体的,正像江河与大海是一体一样。

* * *

在你的希冀与愿望的深处,隐伏着你对幽冥的无声理解。

你的心梦想着春天,就像藏在雪下的种子所做的梦。

相信梦吧,梦中隐藏着永生之门。

* * *

你对死亡的恐惧，只不过是牧人的颤抖；因为他站在国王面前，国王拍他的肩膀示宠。

牧人因肩上留有国王宠爱的印记而颤抖，心中岂不充满欣悦之情吗？

但，你没发现他更加重视那种颤抖吗？

* * *

死亡不过是赤身裸体站在风口上，消融在烈日之下吗？

断气不就是呼吸从无休止的潮汐中解脱出来继之升腾，不受任何限制地追寻上帝去吗？

* * *

只有你们饱饮静默河水时，你们才能真正引吭高歌。

只有你们到达山顶之时，你们才能开始登高。

只有大地包容你们的肢体之时，你们才能真正手舞足蹈。

道 别

已是夕阳西下时分。

女预言家美特拉说：为今天祝福，为这个地方祝福，为你那给我们谈话的灵魂祝福。

穆斯塔法说：谈话的是我吗？我不也是一位听众吗？

* * *

穆斯塔法走下神殿的台阶，所有的人跟随着他。之后，穆斯塔法登上船，站在甲板上，接着把脸转向众人，提高声音说道：

奥法里斯的居民们，风将把我吹离你们。

我虽然没有风那么迅急，但我非走不可了。

我们这些流浪天涯的人，永远寻觅更加孤独的道路，既不在休歇一天的地方起程，朝阳也不会在我们眼见落日的地方升起。

即使大地沉睡之时，我们仍然在行走。

我们是坚韧植物的种子，心一旦成熟丰满，大风便带着我们飞扬，将我们播撒到四方。

* * *

我在你们中间度过的日子是短暂的，我对你们讲的就更短。

当我的声音在你们的耳朵里渐渐模糊，在你们的记忆中渐渐消失时，我定会再回到你们中间，

定会用感情更加丰富的心和更积极响应灵魂召唤的双唇对你们谈话。

是的，我将随涨潮而至，

即使死亡将我卷起，更大的沉静将我包围，我也要与你们的心灵对话。

我的努力绝不会白白付出。

倘若我讲的话是真理，那么，这真理将以更加清晰的声音，用更加接近你们思想的语言揭示出来。

奥法里斯的居民们，我将乘风而去，但不会坠入虚无深渊。

假如今天不能满足你们的需要和我的爱，那么，我们就另约一天。

人的需要是变化的，但他的爱是不变的，同样他使爱满足自己需要的愿望也是不变的。

那么，你们当知道，我将在更大的沉静中归返。

拂晓中消散的雾霭，只会在田野留下露珠，继之升腾，凝成云，化作雨而降下。

我也未尝不是雾霭。

我在静夜中行走在你们的街道上，我的心神拜访你们的房舍。

你们的心与我的心一起跳动，你们的呼吸轻拂我的面庞，我认识了你们所有人。

是的，我深解你们的欢乐和痛苦。你们熟睡中的梦，恰是我的梦。

我时常在你们当中，就像山间的湖泊。

我就像一面镜子，映照着你们心灵的高峰和斜坡，映照着你们的思想和愿望的过往的行列。

你们的孩子们的欢笑，你们的青年们的向往，都会化为溪流、大河，淌入我的沉静之中。

当它流入我的湖中深处时，溪流和大河都会不住地歌唱。

* * *

汇入我的湖中的还有比笑更甜、比向往更美妙的东西，那就是你们内心中的"无限"。

"无限"是巨人,而你们不过是细胞和组织而已。

是的,在这位巨人的歌喉里,你们的吟唱都是无声的搏动。

你们与巨人结合在一起,才能显露出你们的巨大。

我只有看到他时,才能看到你们,并爱你们。

爱若不超越这无边的空间,又能到达多远的地方呢?

什么幻想、什么希望、什么假想,能够展翅高飞呢?

在你们的心中,巨人就像开满苹果花的大树一样。

巨人用自己的力量将你们束缚在大地上,他的芳馨带着你们在天空翱翔,他的不停旋动使你们永远摆脱死亡。

有人说你们像一条锁链:你们像一条锁链,但你们是锁链中最脆弱的一环。

这话仅仅说对了一半,因为你们也是坚固的,就像锁链中最坚固的一环。

谁用你们最小的功绩衡量你们,就像用泡沫的脆弱衡量大海的威力。

谁用你们所遭受的失败评判你们,就像以季节的变化抱怨四季。

* * *

是的,你们就像大海一样,

虽然负重载之船等待着涨潮,以便靠岸,即使你们像大海,也无法使潮水早来。

因为你们也像四季,

虽然你们在冬天里拒绝了春天,

你们内心深处的春天,在微睡中微笑,你们的微笑对它毫无伤害。

*　　*　　*

你们不要以为我说的这些话是为了让你们当中的一个人对另一个人说:"他过奖我们了,他只看到我们的优点。"

我不过是用语言讲出了你们思想中所知道的事情。

有言知识不过是无言知识的影子吗?

你们的思想和我的言语,只是从封存的记忆中涌出来的波浪,但这种记忆却保存了我们昨天的记录。

保存了大地既不认识我们,也不认识自己的往岁的记忆。

保存了混沌中太古的漫漫长夜的记忆。

*　　*　　*

智者曾到你们这里来过,将他们的智慧传给你们。我来这里,为了吸取你们的智慧。

看哪,我已发现了比智慧更加伟大的东西。

那便是你们内心里愈聚愈旺的火焰似的心灵。

但你们不注重这种精神的扩展,却哀悼你们岁月的凋逝。

那是生命,在向害怕坟墓的肉体生命求助。

*　　*　　*

这里没有坟墓。

这些高山和平原不过是摇篮和垫脚石。

每当你们经过埋葬你们先人的墓地,只要你们仔细看一看,就会发现你们在与你们的子女一起,手拉着手跳舞。

是啊,你们总是那样的欢乐,而你们自己则全然不知。

* * *

其他人来到你们这里,以闪光的许诺换取你们的信仰,你们却报之以钱财、权力和荣光。

我给你们的比许诺还少,而你们待我却格外地慷慨。

你们给予我对生命最热烈的渴求。

无疑,将一切向往变成干渴之后,把生命全部化为甘泉,一个人所接受的礼物,还有比这更珍贵的吗?

这其中包含着我的荣誉与报酬。

每当我去泉边饮水时,我总发现喷涌的泉水也是干渴的,我饮它的同时,它也饮我。

* * *

你们当中有的人认为我高傲和过分羞怯,致使我不肯接受礼物。

说真的,在接受酬劳时,我是自傲者,而对待赠礼却不是这样的。

当你们请我赴宴时,我已去采摘山丘上的桑葚了;

你们邀请我入宿你们家时,我却睡在了宇宙的廊柱下。

虽然如此,你们不还是盛情关怀着我度过的日日夜夜,让我吃得饱、睡得香甜吗?

* * *

因此,我要深深祝福你们:

你们给出了许多,而你们都从不知道你们在给予。

是的,善行自我照镜之时,便变成了石头。

善事自赐芳名时,却引来了诅咒。

* * *

你们当中有人把我称为清高者,陶醉在自我孤独里。

你们说:"他与林木交谈,却不跟人说话。"

"他独自坐在山巅,俯视我们的城市。"

是的,我确实曾攀登高山,独自远行。

我不在高远之处,能看到你们吗?

人若未曾尝过遥远之苦,又怎能感触相近之甘呢?

* * *

你们其他人对我无声呼唤道:"异乡人啊,异乡人,绝顶的爱慕者啊,为什么甘心居于鹰隼做巢的山巅呢?

"为什么苛求不可获取之物呢?

"你希望什么暴风落入你的网中呢?

"你想在天空捕捉何种虚幻的飞鸟呢?

"来吧,成为我们当中的一员吧。

"下来吧,用我们的面包充饥,饮我们的佳酿解渴吧!"

是的,他们独处之时,说出了这些话;

假若我让他们更孤寂一些,他们就会知道:我要探索的只是你们欢乐与痛苦的秘密。

我要猎取的只是你们行空的"大我"。

*　　*　　*

然而猎人也是猎物；

因为从我的弓弦上放出的许多箭，将要回射到我的胸膛。

同样，飞鸟本来也在地上爬行，

因我的羽翼在太阳下展开时，投下的影子是地上爬行的乌龟。

我是个信仰者，同时也是怀疑者。

我常把手指按在我的伤口上，以期对你们的信仰更强烈，对你们的认识更深刻。

*　　*　　*

基于这种信仰和认识，我要对你们说：

你们既非被封闭在自己的躯壳之内，也不是被禁锢在房舍、田野里。

你们的自我宿于高山，随风飘游。

你们不是在阳光下爬行取暖或在黑暗中挖洞求安的动物。

而是自由之物，是围绕大地、遨游以太的灵魂。

*　　*　　*

如果我的这些话含混不清，你们则不必苛求完全明白。

含糊与混沌乃万物开端，而不是终结。

但愿我成为你们记忆中的开端。

生命及类似的一切生物，均孕育于**雾霭**，而非孕育于水晶。

谁知道水晶不是凝固的雾霭？

*　　　*　　　*

当你们想起我时，但愿你们记住我说的话；

在你们看来，你们那最软弱、最迷惘的，实际上是最强大、最坚定的。

难道不是你们的呼吸使你们的骨架挺立支撑吗？

难道消隐在你们所有人记忆中的那个梦，没有建造你们的城池，并描绘城市中的一切吗？

假若你们能够看到你们那紊乱的呼吸，你们便看不见别的一切了。

假若你们能听到那梦的低语，你们也便听不到别的任何声音了。

但是，你们既看不见，也听不到，这倒对你们有好处。

蒙在你们眼睛上的纱，将被织纱的手揭去。

阻在你们听耳里的泥，将被和泥的手捅开。

你们定将看得见，也听得到。

你们既不会因曾盲目而叹息，也不会因曾耳聋而懊悔。

那时候，你们将知道万物的潜在的目的。

你们将像为光明祝福那样，为黑暗祝福。

*　　　*　　　*

穆斯塔法说完，环顾四周，但见船长在船上依舵而站，时而望望张起的风帆，时而放眼望望遥远的天际。

穆斯塔法说：

"我的船长好有耐心啊,好有耐心。

风刮起来了,风帆不耐烦了;

就连船舵也在乞求导航;

然而我的船长却静静地等待我把话说完。

这些水手都是我的伙伴。

他们聆听过更大海洋的歌声之后,耐心地听我讲。

他们现在不用等待多久了,

我已做好准备。

溪水已到大海,伟大母亲将再次把她的儿子抱在胸前。

* * *

别了,奥法里斯的居民们。

这一天过去了。

白日的幕帘在我们面前垂降下来,就像莲叶合拢在自己的明天之上。

我们将保存起在这里给予我们的一切。

如果这不能满足我们的要求,我们只有再相聚一次,一起把手伸向赐予我们恩惠的人。

不要忘记,我将回到你们这里。

仅仅片刻,我的渴望将把泥土和泡沫集聚成新的躯体。

只一会儿,我乘风静息稍许,另一个女人就将怀上我。

* * *

我要同你们告别了,同与你们一起度过的青春告别了。

我们相会仅仅在昨天的梦中。

你们曾在我的孤独里为我唱歌,而我用你们的向往在空中建了一座高塔。

现在睡眠已终结,梦境已经消逝,黎明也已过去。

我们头顶中天丽日,已经从微睡中来到白昼,不得不分别了。

如果天命注定我们要在记忆的薄幕中再次相会,交谈将重新把我们联系起来。

你们要为我唱一支更加深沉的歌。

如果天命注定我们在另一个梦中握手,我们将在空中另建一座高塔。"

* * *

穆斯塔法边说,边向水手们打了个手势,水手们立即起锚,解开缆绳,向着东方驶去。

人们异口同声呐喊,喊声高飞云天,随风飞向大海,如同巨号鸣响。

只有美特拉默不作声,目送船远去,直至消隐在雾霭之中。

人们全都散去,美特拉独自站在海堤上,心中响起穆斯塔法的那句话:

"只一会儿,我乘风静息稍许,另一个女人就将怀上我。"

附：先知花园

一

年值壮岁，被主所选、为主所爱的穆斯塔法，在使人记起的十月，返回他出生的岛屿。

船刚驶进港口，他便站在船头，身边围着水手。眼见故土就在脚下，他心里充满欢乐。

穆斯塔法开始说话，声音里响着海涛的轰鸣。他说：

"看哪，这就是我们出生的岛屿。就在这里，大地将我们倾吐出来，作为歌和谜；歌飞扬天空，谜留在大地。天地之间，除了我们的意愿，什么能传扬歌声，谁又能解开那谜语？

"大海一次又一次将我们倾吐到这海岸，我们又仅仅是大海的一重波浪；大海推动着我们，让我们重复它的话语。可是，假若我们不在岩石和沙子上撞碎我们心中的歌，我们又怎能重复大海的话语呢？

"那是大海和水手的法规。假若你要求自由，那么，你应该把生活的需求化为雾霭。无形之物总是寻求有形，就连数不清的星云，也想变成太阳和月亮。我们是那些求索甚多的人，如今回到这个岛上。这是坚固的模子，我们应该再次变成雾霭，从头开始求救。能够生长、长高的，只有在意愿和自由面前被撞得粉碎的东西。

"自今开始，直到永远，我们将寻找我们能唱歌并且有人欣赏我们歌声的海岸。海浪被撞击着,但没有耳朵欣赏它的撞击声,这又该如何解释呢?拥抱、抚慰我们更深刻悲伤的,正是没人听赏的曲调,也正是这些曲调,在雕琢我们的灵魂深处,以便铸造我们的命运。"

这时,一位水手走上前来,说:"导师,正是您勾起我们对这港口的思恋;看哪,我们已经到达,您却谈起悲伤,还说心灵将遇到撞击。"

穆斯塔法说:"我不是也谈到自由,论及雾霭是我们更大的自由吗?虽然如此,我却是以极其痛苦的心情来朝拜我出生的岛屿的,我简直就像一个冤死的灵魂,来到凶手面前下跪。"

另一个水手说:"看哪,岸上人山人海,人们虽不声不响,却连您到来的日期、时辰都预测准了。他们纷纷自田间和葡萄园赶来,在此恭候您,以表敬慕、思念之情。"

穆斯塔法远远望了众人一眼,不禁乡思缠心,随之默不作声了。

这时,一阵欢呼声从众人的心灵深处爆发出来,那是思念与渴望的呐喊。

穆斯塔法望着水手们,说:"我给他们带来了什么呢?我是一名猎手,曾寄居远方。我曾信心十足,射光了囊中的金箭;那金箭皆由他们提供,我却没有给他们带回一只猎物。我没去追寻那些金箭,也许挂在兀鹰的羽翼上;兀鹰受了伤,却未坠地,如今仍在太阳下翱翔。也许箭头已经落入那些饥篌人们的手中,他们用之换了美食佳酿。

"我不晓得那些金箭的飞行情况,也不知飞向何方,但我知道它们在空中已偏向。

"即使如此,爱神依然在我面前。水手们,你们仍在操作着我那海上航行的幻想风帆。我不会哑口无言。当季节之手扼住我的喉咙时,我要高声呐喊;当我的双唇燃起火焰时,我定以放歌代言。"

他向水手们说了这些话,水手们有些心慌意乱。一位水手说:"导师,请向我们赐教吧!也许我们能够理解您的话,因为您的血流在我们的血管里,我们的气息中夹带着您的芳香。"

穆斯塔法回答他们,话音中回荡着暴风的吼声。他说:"难道你们把我送到我出生的岛屿,目的在于让我成为导师?我年纪轻轻、肢体柔嫩,至今仍在智慧笼之外,尚不允许我发表议论,只能谈我自己的灵魂;我的灵魂将永远是对深渊的深邃呼唤。

"让那些追求智慧的人在黄色的延命菊或红色的土壤中去寻找吧!我至今仍是歌手,我将歌颂大地之美,歌唱你们那些失却的、整日徘徊在苏醒与睡眠之间的梦幻。但是,我将不再回头凝视大海。"

船驶入港口,到达岸边。就这样,他来到了自己降生的岛屿,又一次站在乡亲们中间;高昂的呼声发自人们的心底,他心里的思念广漠为之震颤。

水手们预料他会说些什么,于是一个个静默无言。然而他没有开口,因为记忆的忧伤已将他的心灵填满。他暗自言语:"我不是说要歌唱吗?我不能不开启双唇,让生命之声随风飘飞,尽享快乐,寻求佐助。"

这时,克丽玛走上前来,孩提时代,这位姑娘曾与他一起嬉戏在母亲的花园里。她说:"你有十二年不在我们中间露面了。十二年来,我们一直在盼望着听到你的声音。"

穆斯塔法无限温情地望着克丽玛。当死神拍翅将他母亲的灵魂送往天上时,正是她为老人家阖上了眼帘。

他回答道:"十二年?你说十二年,克丽玛,是吗?我是不用银河系的标准度量我的思念的,也不用回声探测深与远。因为爱一旦变成思念之情,用时间测算便失去了意义。

"有那样一种短暂时刻,包含着极长时间的分别。虽然如此,但分别只不过是精神疲惫,也许我们彼此间并未远离。"

穆斯塔法朝人群望去,但见那里有老有少,有瘦弱者,也有强健者;有久经风吹日晒而面色变得黢黑的,也有的面透青春秀美。他发现每张脸上都闪烁着思念与期盼的光芒。

其中一个人说:"导师,生活何其严酷,摧毁了我们的希望和意愿,令我们心绪烦乱,忐忑不安,不知如何是好。我求您为我们揭示痛苦根源,让我们宽舒欢乐。"

穆斯塔法怜悯之心顿生。他说:"生活,比一切生灵都古老,正如地上的美物诞生之前,美早已拍翅飞翔;又像真理,为人所知、被人道出之前,早已存在世上。

"生活，在我们沉默时低声吟唱，在我们睡梦中展示幻想。我们遭受挫折、情绪低落之时，生活却得意扬扬，高居宝座之上；我们泣哭落泪之时，生活却笑对艳阳。当我们拖着沉重的奴隶镣铐时，生活却自由徜徉。

"我们常用最坏的词语称呼生活，原因在于我们自己处身黑暗痛苦之中；我们常认为生活空空洞洞，无益可言，原因在于我们的灵魂徘徊荒野，我们的心醉于贪婪酒盅。

"生活深奥，高贵而遥远莫测；虽然如此，她却近在咫尺。你们的眼界再宽，也只能看到她的脚；你们的身影再长，也只能遮住她的脸；你们的气息再足，也只能传到她的心间；你们的低语回声，到了她的胸中，就会化为春令和秋天。

"生活与你们的'自大自我'一模一样，是被遮盖、被隐匿着的。虽然如此，然而生活一旦开口说话，八面的风都会变成词语；当她再次启齿时，我们唇间的微笑、眼中的泪珠均会化为言辞。生活歌吟之时，可令聋者闻声，带他们高翔云天；生活走来之时，能让瞽者看见，无不大惊、茫然地跟着生活走向前。"

穆斯塔法中断话语，众人一片沉静。那寂静的天空中，回荡着一种无声之歌，使众人心中的忧苦为之一消。

二

穆斯塔法离开人们，径直向花园走去。那本是他父母的花园；二老就像他们的先辈一样，长眠在那里。

那些人都想跟着他去。他看到那花园是最后一个地方，而他也只有孤孤单单一个人。因为亲人无一人在世，没人再能按照家亲习惯为他举行接风洗尘宴会。

然而船长劝大家："让他自己走生活之路，你们容忍他吧！因他的面包是孤独的面包，而他的杯中盛的是自饮的回忆之酒。"

水手们知道船长说的是真实情况，于是纷纷退了回来。岸上那些想跟着前往的人们，也停下脚步，转身回到原地。

跟在穆斯塔法身后的，只有克丽玛一人，克丽玛迈着缓慢的步子，心中冥思着他的孤独与记忆。她什么都没说，而是朝自己的家走去。她走进自家花园，来到杏树下，禁不住潸然泪下，自己却不知原因何在。

三

穆斯塔法走进父母亲的花园，关上园门，不让任何人再进来。

他独自在花园的那栋房子里住了四十个日日夜夜，没人来看他，因为园门紧闭，且人们都晓得他喜欢孤独。

四十个昼夜过去了，穆斯塔法打开园门，人们可以进来了。

于是九个人来到花园住下，和他做伴；其中三人是水手，三人曾在神庙供事，三人是他的童年伙伴。这些人成了他的学生。

一天早晨，学生围着他坐下来。他的双眼里闪着对遥远往事回忆的光芒，同时眷恋凝视着遥远的地方。

第一个学生说话了，他叫哈菲兹。他说：

"导师，给我们谈谈奥法里斯城吧，给我们谈谈那块你生活了十二年的土地吧！"

穆斯塔法默不作声，将目光投向远山，望着无际的以太，内心里充满斗争。

过了一会儿，他说：

"朋友们，同道们，一个信条繁多、群体无数而没有宗教的民族是何等可悲！

"一个穿非自织之衣、食非自种之粮、喝非自榨之汁的民族是何等可怜！

"一个视专制暴君为英雄、将显赫一时的征服者当作施主的民族是何等可悲！

"一个在睡梦中厌恶嗜好，在苏醒时又屈从于嗜好的民族是何等可怜！

"一个走在送葬队伍中才高声呐喊、只为废墟而自豪、刀剑置于脖子上时才反抗的民族是何等可悲！

"一个拥有狐狸似的政治家、魔术师式的哲学家，视修补和模仿为艺术的民族是何等可怜！

"以鼓声迎接、以哨声送别一位统治者，然后又用鼓声和笛声迎接另一位统治者的民族是何等可悲!

"一个仅有年迈哑寂贤哲,而强者仍在襁褓里的民族是何等可怜!

"一个四分五裂,而又都认为自己是一个独立民族的民族,该是多么可怜可悲!"

四

另一个人说:"请向我们谈谈您此时此刻的心境吧!"

他望着那个人,答话声中有一种悦耳的乐曲,好像一颗星星在唱歌。他说:

"在你苏醒时的梦中,当你静静地聆听你那深邃的自我谈话时,你的思想便会像雪花一样飘散而下,为你在空中的回声裹上白色的寂静。

"醒时的梦,不就是你心田的天空之树萌芽、云朵开的花吗?你的思想,不就是你心里的风吹落在丘山和原野上的花瓣吗?

"你期待着和平,直到你心中的无形之物成形;同样,云要积聚,直至吉祥手指将其凝结成太阳、月亮和星星。"

这时,赛尔基斯有些怀疑,说:"春天总要来临,我们的梦与思想的雪花都将消融,任何痕迹都会消失殆尽。"

穆斯塔法回答道:

"当春天来到沉睡的丛林和葡萄园里与情人相会时,积雪将真的消融,化为溪水流淌,去谷涧寻觅大河,举着杯盏浇灌桃金娘和月桂树。

"你心田里的积雪也是如此,随着你的春天来临而消融,你的秘密将化为溪水流淌,去谷涧觅寻你的生活之河;这河将夹带着你的秘密奔向大海。

"春天到来,一切都会消融,化为歌声,就连星辰及缓缓降落在广阔原野上的雪片,也将融化在欢歌的溪流之中。当春天的太阳升起在更宽广的天际上空之时,还有什么冻结着的美,不化为倾泻的欢歌?还有哪个人不愿意成为灌溉桃金娘和月桂树的溪水呢?

"你们仅在此度过了一夜。在此之前,你们随着波浪起伏的大海漂游,不明自身,不见岸边。之后,风,这生命的气息,将你们织成她脸上的光罩,继而用手将你们拢在一起,赐予你们形态,让你们抬头仰望天空,然而大海远远地跟着你们,海之歌仍旧充满你们的心,大海将永远怜悯你们、呼唤你们,即使你们忘却了你们的血亲关系。

"你们游荡在高山与大漠之间,会时常忆起大海冰冷之心的深处;尽管你们许多时候不知道自己向往什么,其实,你们思恋着大海宽广而单一的平静。

"还会有什么分歧吗?当雨点伴着散落在丛林和花园山丘上的树叶翩翩起舞时;当雪花伴着吉祥与忠诚飘落时;当你们赶着你们的羊群在山谷中走向河边时;当银色的溪水交汇于你们的田野上,流入草原绿茵中时;当你们丛林中的露珠将天空映在大地上时；当你们草原上的暮霭用薄纱遮住你们的道路时……在这所有时辰，大海会与你们一道，为你们作证，希望它有爱你们的权利。

"那是你们心底的雪花，飞舞飘落在大海之上。"

五

一天早晨，他们正在园中散步，门外出现一位女子，那就是克丽玛。穆斯塔法孩提时代像姐妹一样爱着她。她站在那里，没有问什么，也未抬手叩门，只是窘迫、沮丧地望着花园的各个角落。

穆斯塔法看见她眼含热泪的神情，于是迈着缓慢、从容的步子，向园墙走去，为她打开园门，欢迎她进花园来。

克丽玛说："你究竟为什么离开我们所有的人，使我们无法再借你的春颜之光呢？我们都很喜欢你，殷切地等待着你的归来，愿你平安顺利。如今，人们呼唤你，想听你谈些什么，我是作为他们的差使找你来的，盼望你出现在他们的面前，向他们谈谈存于你心中的智慧，抚慰有剑伤的心灵，照亮我们那被黑暗疯狂蒙盖着的头脑。"

穆斯塔法凝视着她，说："你若不把所有人看成智者，那么，也不要称呼我为智者。我是一颗未熟之果，依然挂在枝条上；直到昨天，我仍然是一个待放的含苞。

"你不要把我看作你们当中的一个疯子；因为，事实上，我们既非智者，亦非疯子。我们是生活树上的绿叶；生活本身则在智慧上，当然也高于疯狂。

"我，难道我真的离开了你们，将自己与你们隔绝开来了吗？难道你们不知道，只有灵魂靠幻想不能跨越的，才能称为距离吗？难道你们不晓得，当灵魂跨越那一距离时，距离本身变成了灵魂中的一种乐曲吗？

"也许你与不相好的邻居近在咫尺，而你与好友相距七层地、七重天；实际上，那咫尺却比那七重天地还要遥远。

"因为在记忆中，距离是不存在的；而存在于遗忘中的距离，则是你的声音及眼睛无法缩短的。

"大洋之岸与高山之巅间，有一条秘密通道；当你们与大地之子联合时，应该走这条通道。

"你们的知识与智力之间，有一条隐暗通道；当你们与人类及你们自身合为一体时，应该发现这条通道。

"在给予的右手与取拿的左手之间，有一条鸿沟；只有使两者同时授、受之时，才能弥合这条鸿沟。因为只有当你们知道无可受亦无可授之物时，方才能够征服这条鸿沟。

"其实，你们醒时与睡时的梦幻之间及需要与愿望之间的距离，才是最遥远的距离。

"还有一条道路，倘若你们要与生活合一，那你们还应该通过；但我现在不能就此谈什么，因为我发现你们由于长途旅行而过度疲惫。"

六

穆斯塔法及九个学生,随那位女子来到街市,向人们及朋友、邻居发表谈话,人们兴高采烈,喜形于色。

穆斯塔法说:"你们在睡眠中长大,在梦乡中过着最完美的生活;因为你们把白昼都消耗在为静夜所得的感恩戴德之中。

"你们大部分时间里都在思考,说夜晚是休息时间;实际上,夜晚是探索和取得收获的时辰。

"白天以知识力量武装你们,教你们的手指精通索取技艺;而黑夜,则把你们带入生命宝库。

"太阳教导万物打内心里向往光明;而黑夜则将万物高举至群星。

"事实上,夜下的寂静在为林中树木、园中花卉编织结婚礼物,继之准备盛大婚宴,装饰洞房,在那神圣的肃静气氛中,'明日'胎儿在时光的子房中长成。

"就这样,通过你们的探索,在你们自身中找到食粮,得到满足。即使黎明时的苏醒抹掉了记忆,然而梦中的筵席已经摆好,洞房已经备妥。"

穆斯塔法沉默片刻,人们等待着他再度开口。过了一会儿,他说:"你们虽活动在躯体之中,你们却是精神;你们像在黑暗中被燃烧的油一样,虽被添入灯里,却是火焰。

"倘若你们仅仅是一具具行尸走肉，那么，我站在你们面前，向你们发表的演说，不过都是胡言乱语，如同死人对尸体说话。然而事情并不是那样的。你们身上的永生之灵，白天黑夜都是自由的，无法禁锢，无以羁绊，因为那是至高万能之主的意愿。你们就是那万能之主的气息，如同风，抓不住，更不能置于笼中。我也是万能之主的气息。"

他离开他们，缓步走去，重进自己的花园。那个有些生疑心的赛尔基斯说："导师，关于丑，您有什么话要讲呢？您还没谈及过丑呢！"

穆斯塔法鞭辟入里地回答：

"朋友，路过你的门口而不叩你家门的人，能说你是不好客的吝啬鬼吗？

"操着你不懂的语言与你谈话的人，会说你是愚者、聋子吗？

"一个你从未努力达到、也不想进入的境界，不就是你所认为的丑吗？

"如果丑是一种东西，那么，可以说就是我们眼睛上的锈皮，耳朵上的洞孔。

"喂，朋友，除了面对迷住自身记忆灵魂的恐惧，不要把任何东西称为丑。"

七

一天，他们坐在白杨树下，一个人说："导师，我害怕时光,时光从我们头上经过,掠走了我们的青春年华,又用什么代替它呢?"

穆斯塔法回答:

"你现在抓起一把土,也许会发现里面有一粒种子,或许有一条虫子。假若你的手大而力足,那么,可使种子变成森林,能让虫子变为天使。不要忘记,将种子变森林、使虫子变天使的岁月,归根结底属于'现时',漫长岁月均存在于这个'现时'本身之中。

"一年四季,不就是我们那不断变更的思想吗?!春,是你们胸中的苏醒;夏,是对你们的果实的承认;秋,这支古老的歌,在你们的心中,不是依然似少女一样的歌吗?冬,我来问你们,不就是充满其余季节梦幻的一种长眠吗?"

这时,善于探索的学生马努斯朝四下望了望,看到攀缠在无花果树上那开着花的青藤,说道:"导师,您看这种寄生植物,都是耷拉着倦怠的眼皮的贼种,从坚强的太阳之子那里掠取光明,以吸吮树木枝条和叶子里的汁液为荣,您对之有何话要说?"

穆斯塔法回答道:"朋友,我们都是寄生者。我们将黏土变成有生命的人,并不比那些直接从黏土里获得生命而对黏土一无所知者高级。

"母亲能对孩子说'你使我的心与手疲惫不堪,我把你送回大森林母亲怀抱中去'吗?

"歌手会对其所唱的歌说'回到你的音洞中去吧!因为你

耗费我的力气'吗?

"牧人会对满一岁刚断奶的羔犊说'我已无力领你去草场,你应该离开你的母亲,为此捐出自身'吗?

"朋友,请听我说!所有这些问题,不问已有答案,如同你的梦,入睡之前,已被证实。

"我们按照永恒的旧法则相互依存。就让我们这样生活在爱的乐园中吧!我们在孤独中相互寻觅;当没有火炉围坐之时,我们便上路漫游。

"朋友们,兄弟们,最宽广的路,就是你们的同伴们所走的路。

"这些攀树青藤,在宁静夜中吸吮大地的乳汁,而大地则在温馨的梦中吸吮太阳的汁液。

"太阳,则与你们及万物一样,同在伟大王子的筵席上光荣就座;王子的宫门常开,筵席永设。

"马努斯,我的朋友,万物相互依存而生,同时又以无限信念,依靠至高万能之主的恩泽而生存。"

八

一日清晨,天还没亮,大家来到花园里,默不作声,面对东方,留神观看日出景象。

片刻后,穆斯塔法说:

"露珠映出的旭日并不比太阳本身欠缺什么;反映在你们

精神上的生活，与实际生活一样圆满。

"露珠反射光明，因为露珠与光同属一类；你们反映生活，因你们与生活源于同种。

"当黑暗笼罩你们之时，你们要说：'黑暗是尚未出生的黎明；当夜之神用其宽袍将我裹起时，黎明必像降生在丘山上那样，降生在我的灵魂之中。'

"在晚香玉吐放的薄暮中膨胀成球形的露珠，酷似你们将你们的精神聚结在上帝心中。

"露珠如果要说：'千年之后，我们仍将是一颗露珠。'那么，你就对它说：'难道你不晓得，那些岁月的全部光明都映入了你的圆球之中了吗？！'"

九

一天傍晚，狂风大作。穆斯塔法和九位学生围炉火而坐，个个沉默，人人无声。

一个学生终于打破寂寞，说："导师，我一个人，孤零零的，时光之脚踏过我的胸膛，那样沉重。"

穆斯塔法站起来，走到他们中间，声若狂风呼啸似的说："孤零零的，那有什么？！你独自来到这个世界，还要独自走入雾霭之中。

"那么，你就独自默默饮下你的杯中之酒吧！秋令已把一些杯盏给了另外的唇口，就像为你们斟满杯子那样，将那些杯盏斟满又苦又甜之酒。

"独自饮下你的杯中之酒吧!哪怕酒里和着自己的血与泪的味道。赞美生活赋予你的干渴之恩吧!假若你的心没有干渴,也便成了干海之岸,没有歌声,没有潮汐。

"你独自饮下自己的杯中之酒吧!痛痛快快地喝下去吧!

"将杯子高高举过头,为那些独酌的人干杯吧!

"一次,我与十个人同席共饮,喝了很多酒,但他们的酒不上头,也不入心,而是下沉到我的脚部。于是,我的智慧愤而离去,我的心扉关闭起来,我自己变成了一个被关闭的人,只有我的双脚与他们一起留在我们的烟雾里。

"后来,我再不和他们对坐,更不与他们共饮。

"因此,我对你说,即使时光的脚重重踏在你的胸膛上,那又有什么?!你最好独自饮下你杯中的惆怅之酒,日后也将独饮杯中之酒。"

一〇

有一天,希腊人法尔杜鲁斯来花园散步,脚被石头绊了一下,因而勃然大怒,随即转脸回身,拾起那块石头,低声说:"这个挡路的死东西!"然后愤而将之抛向远处。

被主所选、为主所爱的穆斯塔法说:"你为什么要说'这个死东西'呢?你在这花园里待了这么长时间,难道不晓得此处没有死东西吗?这里的一切都是活的,无不在日华和夜光下闪闪发亮。你和石头本属同类,唯一的差别在于脉搏,只不过是你的心搏动得稍稍细微些罢了。朋友,难道不是这样吗?然而你的心却不像石头那样从容镇静。

"你的心律中可能含有另外一种乐曲,但我要对你说:当你探测你的灵魂之深,丈量广宇之高时,你只会听到一种歌声,那正是石头和群星在完美和谐的乐曲中同唱的歌声。

"假若我的话仍不为你所理会,那么,就让我的话语走向另一个黎明吧!你既然在眼昏之时因被石头绊了一脚就诅咒石头,那么,当你抬头碰撞到星星时,也会咒骂星星吗?不过,你像孩子采集山谷里的百合花那样,收集石头和星星的日子很快就会到来;到那时,你将知道,一切东西都充满了芳香和生命。"

一一

那是一个星期的头一天,当神庙里的钟声传入他们的耳际之时,一个学生说:"导师,我们常听我们的邻居谈起上帝。对此,您有何看法呢?上帝真的存在吗?"

穆斯塔法站在他们的面前,俨然一株挺拔的巨树,不畏风暴。他回答说:"亲爱的朋友们,你们现在想象一下:有那样一颗心,能够包容你们所有人的心;有那么一种爱,能够包罗一切迷住你们的爱;有那么一种精神,能够包藏你们所有人的精神;有那么一种声音,能够包含你们所有人的声音；有那么一种寂静，它比你们经历的寂静都深邃，而且永在久存。

"你们还要知道：在你们那自身的完美之中，有一种美，胜过一切绚烂绮丽之物；有一首歌，比大海、森林之歌雄浑宽厚；有一种高居宝座的威严，在其面前，猎户星座只不过是脚踏板，金牛宫七星不过是闪光露珠。

"你们过去追求的，只限于吃、穿、住和用。现在，你们要追求'一物'，既非你们的羽箭之的，亦非你们用来抵御大自然侵袭的洞穴。

"既然我的言语是石头和谜语，那么，你们就要努力——这并不是对你们的最低要求——让你们的心恭顺、碎裂，让你们的央求引导你们爱至高无上者及其智慧，爱那位被人们称为'上帝'的大智全能者。"

大家沉默无言，人人半信半疑，个个心神不安。穆斯塔法同情他们，和颜悦色地望着他们，说："我们现在不谈至高无上的众神之主，谈谈你们的房舍和田园周围涌动的自然因素吧！

"你们想带着幻想升入天堂，认为那是至高无上处；你们想跨越浩瀚的大海，宣称那是极远距离。但是，我要告诉你们，当你们在大地上播下一颗种子时，你们便到了至高处；当你们对亲人赞美晨光时，你们便跨过了至大之海。

"你们常常吟唱永恒上帝的名字，但你们却不听你们所唱的歌。你们不是听过鸟儿鸣唱，不是听过树叶被风吹离树枝时发出呻吟声吗？！朋友们，你们不要忘记，树叶只有离别树枝之时才会唱歌！

"我想向你们重述我对你们的嘱咐：你们不要下意识或不加称赞地谈论上帝，因为那是你们的'一切'；你们要亲人与亲人、神与神之间相互交谈，互相理解。

"如果鸟母亲离开巢窝在天空盘飞，巢中的鸟雏吃什么呢？倘若蜜蜂不为田地里的罂粟传授花粉，它又怎能成长结果呢？

"只有你们沉醉于你们的'小自身'之中时，才去寻找被你们称为'上帝'的天空。你们为什么不努力寻找通往你们的'大自身'的道路呢？你们为何不努力减少惰性，勤于铺路呢？

"朋友们，水手们，我们理应少谈论我们无法理会的上帝，多一些我们之间彼此交谈，以便于我们之间互相了解。虽然如此，我仍希望你们知道：我们是上帝的芬芳气息；我们是上帝，在叶里，在花中，更多时间是在果里。"

一二

一日清晨，太阳已经升起，一个学生——他是穆斯塔法三个童年伙伴之一——走上前来，说："导师，我的衣服破了，且除此别无换的，请允许我到市场上讨价还价，但期命运助我一臂之力，让我买到一件新衣。"

穆斯塔法久久注视着他，然后说："把你的衣服给我。"

青年脱下衣服，赤身站在炎阳之下。

这时，穆斯塔法用类似于马驹奔跑的声音说："赤身者，唯有赤身者才能生活在太阳下；质朴者，唯有质朴者才能驾驭风神；迷路者，唯有迷路千次者才能安抵家中。

"天使已经讨厌了那些聪明人。昨天，就在昨天，一位天使来了，对我说：'我们为那些自诩者创造了地狱。除了烈火，什么能够抹掉那光滑的表面，熔掉表面上的东西，使之显露出本质来呢？'

"我说：'不过，你们创造地狱的同时，也创造了掌管地狱的魔鬼。'天使回答说：'掌管地狱的是那些不怕火的神灵。'

"好一位高明的天使！他善辨全人与半人的道路，他是一位公正的天使。当狡猾的骗子诱惑先知时，他是要援助先知的。毫无疑问，先知微笑时，他会微笑；先知泣哭时，他会落泪。

"朋友们，水手们，只有赤身者才能生活在太阳下；只有无舵船长才能航渡波涛汹涌的大海；只有灵魂幽暗者才能夜下沉睡，黎明苏醒；只有与根柢同眠雪下者才能赢得春天。

"你们就像那根柢，朴实无华；你们有着从大地中汲取的成熟智慧。你们沉默无言；虽然如此，但在他们那尚未生长的枝条中，却包蕴着四面风乐队。

"你们柔弱，你们无形；虽然如此，你们却是参天巨树的发端。

"我再次向你们说：你们是天地之间的根柢。我常见你们破土而生，长大攀高，伴着光明起舞；但是，我也看到你们长高后却面浮羞色，所有根柢都感到害羞，因为它们将自己的心久藏，不知如何是好。

"然而五月将要到来。五月是不知休息的少女，她将抚爱山冈和平原。"

一三

一个在神庙供事的学生央求道：

"导师，教我们说话吧！以便让我们的言辞像您的言辞，如歌似花，悦耳飘香。"

穆斯塔法回答道："你将凌驾你的言辞。你的道路两旁，仍将是甜蜜的音乐和迷人的芳菲；音乐献给世间一切爱者和被爱者，芳菲赠予那些想在花园里生活的人们。

"你将凌驾你的言辞，登上遍撒星尘的峰巅，张开双手，直至两手攥满；到那时，你将平卧，像雏鸟一样甜睡巢里，似白色紫罗兰一样，梦想春天那样梦想明天。

"是的！你将潜入你的言辞更深的地方，你将寻觅徘徊溪流的源头，你将成为隐蔽的洞穴，那里回荡着你现在听不到的、发自深渊的低微声响的回音。

"你将沉入比你的言辞及所有言辞都深的地方，直至潜入大地之心；在那里，你将独自与那信步银河之上者在一起。"

片刻过后，一个学生问道："导师，请给我们谈谈存在吧！何为存在呢？"

穆斯塔法久久望着他，深感自己喜欢他。穆斯塔法站起来，走了几步，然后又折回，说：

"在这里，在这座花园里，长眠着我的父亲和母亲，是活人的手将二老埋葬的。在这座花园里，埋着昨天的种子，那是风神之翼夹带来的。我的双亲将在这里被埋葬一千次，种子也将在这里被埋下一千次。因此，我和你们以及这些花，将一起到这座花园里来一千次。就像现在的我们一样，我们将热爱生活，向着太阳，梦想宇宙。

"然而当前'存在的可能性'，则是：要成为聪明人，但同时无别于疯子；要成为强者，但不能欺凌弱者；要和儿童一起嬉戏，不是作为父亲，而要作为朋友，向他们学习做游戏。

"在老翁老妪面前，要质朴温顺；即使你正伴着春姑娘，也要与他们一起坐在古橡树荫下。

"要寻访诗人，哪怕他居身七条河之外；在诗人面前，要平心静气，不求什么，不要怀疑，不要发问。

"要知道圣徒与罪犯是孪生兄弟，其父亲是'宽厚君主'，二者降生时辰仅隔片刻，因此我们将之作为加冕王子看待。

"要紧紧追随美神，哪怕她将你引至深渊边沿；倘若她生有双翅，你却身无片羽，只要她从深渊上空越过，你亦应该紧跟不舍；因为美神不在之地，万物皆化乌有。

"要成为没有围墙的花园，要成为没有看守的葡萄园，要成为对路人敞开大门的宝库。

"要成为遭过掠夺、受过欺骗、遇过挫折的人；还要成为迷路人，曾落入陷阱。这一切之后，你站在你的'大自身'顶峰，俯视你面前的一切，你会微微一笑，得知春天一定会降到你的葡萄园，在葡萄叶上起舞；秋天将催熟葡萄。你还会知道：假若你有一扇窗子总向东开，那么，你的家永不会空空如也；那些被人看作坏蛋、贼寇、阴谋家、骗人精的家伙，都是你的难兄难弟；也许此城上空有座无形之城，那里的居民认为你就是这些人的集合体。

"现在，我还有话向你们说。正是你们的巧手为我们日夜生活创造了一切必要的东西。

"存在的可能性，那就是要你做个手能代眼的织匠；做个精通采光和间隔的建筑工；做个农夫，自感埋下的每颗种子都有一个宝库；做个对鱼和兽怀有怜悯之心的渔夫和猎手；此外，还要怜悯人间的一切贫困、饥馑者。

"除此之外，我还要说，希望你们每个人，希望所有的人，都要帮助他人实现其崇高美好的目标。

"朋友们，同道们，你们要勇敢，不要软弱；要襟怀坦荡，不要心胸狭窄。我和你们的大限来临之日，便是你们的'大自身'实现之时。"

穆斯塔法终止谈话，九个学生如坠五里云雾，心纷纷离他而去，因为他们对他所言一点也不明白。

此时此刻，三个水手思念大海，三个神庙供职人员想回庙堂找慰藉，三个童年伙伴想去逛街市。在他的话语面前，他们就像聋子，致使话语回声又折回他自己的耳里，酷似失巢之鸟，疲惫不堪，四处窜飞寻找避身之地。

穆斯塔法离开他们，在花园里走了几步，既没说话，也没回头看他们。

他们相互商量，打算找理由离去。

看哪，他们离去了，各奔东西。被主选择、为主所爱的穆斯塔法依旧独自待在那里……

一四

夜晚来临，夜幕笼罩了整个宇宙。穆斯塔法向位于一棵高大雪杉树下的坟墓走去，那里就是他母亲长眠的地方。在那里，天空闪出一道亮光，花园被照得通亮，宛如大地前胸上的一颗明珠。

穆斯塔法喊了起来，那喊声发自缠绕他的精神的孤独寂寞深处。他喊道：

"我的灵魂挂满了沉甸甸的果子，可有饿汉前来采摘果子，饱食一顿吗？

"莫非人间没有一位仁慈的戒斋者肯来餐食我的收成，卸去我的重担，让我轻松一下吗？

"我的灵魂被金银沉重地压着,难道没有人想取之装满自己的口袋,以便减轻我的负荷?

"我的灵魂里盛满陈年佳酿,莫非没有干渴者前来自酌畅饮?

"一个人站在大路中间,将满握珠宝的手伸向过路行人,呼喊着:'你们为什么不怜悯我一下,将我手中的珠宝拿去?!可怜可怜我,拿走我的珠宝吧!'然而人们头也不回,继续朝前走去。

"也许他是个讨饭的叫花子,把颤抖的手伸向过路行人,然后收回战栗的空手。也许他是个瘫痪盲人,人们打他身边走过,谁都不曾瞧他一眼。

"看哪,那里有位慷慨好施的王子,在莽莽荒原与山脚之间搭起丝绸帐篷,每日夜晚燃起篝火,并派奴仆去路边迎候过往宾客,以便款待之。可是,大路却是那样吝啬,没有向他举荐一个觅食者,也没有给他送来一个讨饭人。

"假若那位王子是个普通人,人们不知其从何而来,也不晓其如何而来。只管四处奔走,八方讨饭,夜来寻找宿身之地也便罢了。倘使他是一个身无分文的流浪者,只有身上的破衣和手中的棍棒,岂不更好吗?!那样,夜幕降临之时,他可以与同类的诗人及流浪汉会聚一处,与他们一道分享回忆与梦幻。

"看哪,那里有位公主,已从梦中醒来,离开象牙床,穿上紫红长袍,戴上珠宝首饰,发髻上喷洒麝香,手指浸蘸千日香蜜,然后步入花园,漫步花丛,衣角被露珠浸湿。

"在静谧的夜下,公主缓步花园中,寻觅心上人。可是,在父王的国度里,没有人爱她。

"她若是个村姑,那该多好!信步山谷草坡,牧放父亲的羊群,身披晚霞返回父亲的茅舍,双脚沾着隐居之地的尘埃,衣褶间散发着葡萄的芳馨;待到夜色来临时,村民们进入梦乡,她悄悄走向意中人等待她的地方。

"假若她是一位修女,那该多好!在修道院里,燃烧自己的心当香火,整个天空散发着自己的芳香;点燃自己的灵魂当蜡烛,让心上人擎着自己灵魂的烛光。她顶礼膜拜,让隐形的鬼怪将她的祈祷带往时光宝库;在那里,虔诚的信徒祷词被保存在情侣的热心与追求孤独者的低语旁!

"最好她是一位老妪,坐在太阳下,回忆童年时代伴她玩耍的少年。"

夜色渐暗,穆斯塔法的脸色随着夜色变得阴郁,精神变成沉重乌云,于是再次高声喊道:

"我的灵魂挂满成熟果子,
我的灵魂遭硕果压迫,
谁能前来饱食熟果?
我的灵魂醇香四溢,
谁来一饮,以消干渴?

"但愿我是一棵无果之树,
丰收之苦胜过荒芜焦灼。
富贵而无人前来分享,
其苦盖过乞讨而无人施舍。

"但愿我是一口枯井,
任凭人们用石投我;
总比是一道甘泉轻松,
因为行人不曾汲水解渴。

"但愿我是一根甘蔗,
任凭人们用脚踏过;
总比断指之人的吉他幸运,
既然女子又聋又哑,
纵使银弦相配也是白搭。"

一五

七天七夜过去了,没有一个人打花园附近路过,穆斯塔法独自一人,只有回忆与折磨陪伴着他。因为人们都已离开他,寻找另外一些地方,打发日子去了,就连怀着敬爱、羡慕之心聆听他谈话的那些人,也已各奔东西。

但克丽玛来了,只有她一人,静默表情遮面,她手托盘子和杯子，送来肉和饮料，放在穆斯塔法面前，便离去了。

穆斯塔法再次陪伴白杨树，坐在园门内，注视着大路。片刻过后，只见一个人影出现在视野里，活像一块乌云，顺着大路朝他走来。乌云渐渐变成九个人，走在前面的是克丽玛。

穆斯塔法走去迎接他们。他们平安顺利来到园门前，仿佛他们刚离开这里。

他们进了花园，与穆斯塔法在一张简陋的桌子上共进晚餐。克丽玛为他们添了些面包和鱼，并把剩下的酒斟入杯中，她边斟酒，边对穆斯塔法说："请允许我进城一趟，打些酒来，再把杯子斟满。"

穆斯塔法望着她，似乎在想着一次旅行和一个遥远的地方。他说："不要去了！这些足够了。"

大家边吃边喝，兴高采烈，直至喝完吃光。穆斯塔法用深似海洋、激荡若月下大潮似的洪亮声音说："朋友们，同伴们，我们今天非走不可了。在过去的一段时间里，我们曾一道航越大海，一起攀爬崎岖山路，一同搏斗风浪。我们知道饥饿是何滋味，也曾出席过婚礼筵席；我们时常衣不遮体，也曾身着国王的朝服御衣；我们确实到过很远的地方，但现在又要分手。你们将一道走你们的路，而我则独自沿着自己的路行走。

"虽然大海和旷野将把我们隔开，但我们仍然是共赴圣山的旅伴。

"但是,在我们踏上艰难征程之前,我想把我心灵的收获及其落穗献给你们:

"你们唱着歌,踏上自己的征程吧!但每首歌要短,因为只有在你们唇上早逝的歌,才能永久活在人们的心间。

"你们要用简洁的话语道出美的真理。永远不要用任何言辞述说丑的真理。你们要对发髻在太阳下闪闪放光的女子说她是晨姑娘;但是,看见瞎子,决不要说他和黑夜一样。

"你们聆听芦笛手演奏,就应该像四月春姑娘歌唱;但是,当听吹毛求疵者夸夸其谈时,你们务必装聋作哑,就要像僵骨,躲到你们的想象力能把你们带向的最远地方。

"朋友们,同伴们!你们在路上遇到生有偶蹄之人,就献上你们的翅膀;你们遇到生有犄角的人,向他们献上花环;你们遇到生着爪子的人,就把花瓣裹到他们的手指上;你们遇到尖舌利齿的人,就把蜂蜜抹到他们的嘴上。

"是啊!你们将会遇到这些人,甚至更多的人。你们将遇到卖拐杖的瘸子、卖镜子的瞎子和在庙门上讨饭的富翁。

"你们要把自己的健足给瘸子,把自己的明目给瞎子,把你们自身给讨饭的富翁;这些确实是天下最穷的人,因为只有真正的穷困之人,即使原来家财万贯,才肯于伸手接受施舍。

"同伴们,朋友们!我以将我们的心聚在一起的友爱的名义嘱咐你们:你们要成为千条道路,供人们彼此相会在沙漠;

那里狮子伴野兔并行,豺狼与绵羊为伍。

"你们要牢记我这些话语,我不教你们施予,而教你们索取;不教你们忘恩负义,而教你们忠诚老实;不教你们屈从,而教你们唇浮笑意以示理解。

"我不教你们沉默寡言,而教你们用非喧闹的声音唱歌。

"我教你们实现能够容纳一切人的宏大自我。"

穆斯塔法站起来,离开餐桌,来到柏树荫下。夕阳即将落山,他们跟在穆斯塔法身后不远,突然之间,他们个个感到心情沉重,人人张口结舌无言。

克丽玛将餐桌收拾干净,走来说:"导师,请允许我为您准备明天旅行的干粮。"

穆斯塔法用能够看见另一个世界的目光注视着克丽玛,说:"我的姐妹,亲爱的,干粮早已备好,明天吃的已经备齐,包括昨天和今天的吃喝在内。

"我要走了,假若我带着一个没有道出的真理离去,那么,那个真理将寻觅我,收拢我,即使我的肉体已在永恒的沉寂中四分五裂。我将再次回到你们中间,用发自那永恒沉寂中心的声音,再向你们演讲。

"如果还有什么没向你宣布的美,那就请呼唤我的名字,呼叫我的这个名字'穆斯塔法'。我将给你们一个信号,让你们知道我已经回来,以便将你们需要的话都讲给你们。因为上帝不允许自己躲避人类,更不允许自己的话永远被遮蔽在人类心底的暗坑里。

> "我将活在死神身后,
> 我将唱歌给你们听,
> 直到海浪将我带走,
> 送我去大海沧溟。
> 我将坐在你们的餐桌旁,
> 哪怕没有躯体;
> 我将与你们同下田野,
> 即使只有看不见的灵魂。
> 我将到你们的火炉旁,
> 虽是客人,却无行踪。
> 死神并不能改变什么,
> 只不过用面具将人脸遮影。
> 樵夫永远是樵夫,
> 耕农永远操犁耕种。
> 为风唱歌的人,
> 也将永远歌唱给苍穹星空。"

众学生像石头一样沉寂无声。他们心中充满忧愁,因为穆斯塔法说出"我要走"。然而没有人阻拦、挽留他,也没有人要跟他走。

穆斯塔法走出母亲的花园,步子缓慢,没有声音。须臾之间,只见他腾空而起,远离而去,就像一片叶子,被狂风卷去;他们所能看到的,只有一道微光,在天空抖动飘飞。

九个学生走了。那位女子却一直站在渐渐暗下去的夜色里,留心观看那道微光如何与暮色合而为一。她开始用穆斯塔法那几句话安慰自己的孤独与寂寞:"我要走了,假若我带着一个没有道出的真理离去,那么,那个真理将寻觅我,收拢我……我将再次回到你们中间……"

一六

傍晚时分。

穆斯塔法来到山冈。脚步把他带入薄雾之中。他站在巨岩与白皮松之间,消失在一切视线之外。他说:

"云雾,我的姐妹,未入模的白气,
无声的白气,无人道出的话语,
我回来见你。

"云雾,生翅的姐妹,我们现在一起,
我们将永在一起,直到再生临莅;
黎明把你作为朝露降到花园,
我作为婴儿投入妇人怀里,
我们一起将往昔回忆。

"云雾,我的姐妹,我回来了!
我是一颗心,聆听自己搏动,
像你的心一样安逸。
我是一种思想,跳动而无目的;
和你的思念一样离奇。
我是一种思想,至今尚未成熟,
与你的思想全然无异。

"云雾,我的姐妹,母亲的头生女,
我至今手握你要我播撒的绿种,
我唇间含着你要我吟唱的歌曲。
我既没带来果实,
也无回音送给你,
因为我两手无眼,双唇无语。

"云雾,我的姐妹,
我爱世界,世界也爱我,
因为我所有微笑都在她的唇边,
我的所有泪水均噙在她的眼里。
然而我们之间有道沉默地峡,
峡上无桥,对面可望而不可即。

"云雾,我的姐妹,

啊,我不死的同胞姐妹!
我给小儿唱着古老歌曲,
他们个个面浮惊色,心领神会。
可是,他们明天会把歌儿忘掉,
不晓风神会把歌儿捎往哪里?!
歌儿虽非我的,却入我心头,
且在我的唇上曾作片刻逗留。

"云雾,我的姐妹,
一切已成过去,我亦平安顺利。
为已出生者唱歌也就够了,
虽然歌儿确乎不是我的,
却发自我灵魂渴望的至深之地。

"云雾,我的云雾姐妹,
许久前我已非自我,
我与你现已融为一体。
墙壁已经坍塌,
锁链环断节离,
我攀高来到了你这里。
我们将一道航行,
直到再生之日临莅;
那时黎明将把你降为园中晨露,
把我当作婴儿抛入妇人怀里。"

沙与沫

这本小册子不超过其名——《沙与沫》——确乎是一捧沙，一把沫。

　　虽然我将我心的碎屑抛入了沙中，将我的灵魂液汁倾在了沫上，但它现在、永远离海岸比大海近，距不能限定的相见比有限的思念近。

　　每位男女身边都有些许沙与沫，但有的人敢于说出，而另一些人则羞于表述。我却不羞于将它道出。故请你们原谅、宽恕。

纪伯伦
1926年12月　纽约

一

在这沙滩上,我徜徉到永远,
徜徉在沙与沫之间。
涨潮时,海水会抹去我的脚印,
风会把水沫吹得很远很远,
然而海和海滩会存在到永远。

二

一次,我手里攥着一把雾霭,
我把手伸开,忽见雾霭变成了一条虫子。
我握上手,再次伸开,却见掌中有一只鸟儿。
我合上掌,第三次伸开,
忽见我的掌心上站着一个人,那个人愁容满面,仰望高天。
我合上掌,又张开时,只见掌中仅存雾霭。
但是,我却听到了一支歌,曲调是那样的甜。

三

仅在昨天,我还自以为是碎片,不住颤抖,杂乱无章,运行在生命的苍穹间。

现在我已知道，我就是苍穹，生命是在我心中运动着的、排列有序的碎片。

四

他们醒时对我说："你和你生活的那个世界，不过是无际大海边上的无尽沙滩中的一粒沙子。"

我梦中对他们说："我就是无垠的大海。大千世界不过是我的岸边的几粒沙子。"

五

我有一次哑口无言：当一个人问我"你是谁？"时。

六

神第一念想到的是：天使。

神第一语说出的是：人。

七

我们在丛林中接受大海和风的语言启迪之前的数万年中，

本是迷茫徘徊、无路可走和仅存渴望的人类。

如今，我们又怎能用昨天的声音表述史前岁月呢？

八

斯芬克斯只开过一次口。他说："一颗沙粒便是沙漠；沙漠就是一颗沙粒。现在，让我们再次沉默吧！"

我听到了斯芬克斯的话，但我不明白。

九

我一旦看到一个女人的面孔，便看到了她所有的已出生和未出生的孩子。

一个女人看到我的面孔，也便认识了我所有在她出生前就已逝去的先人。

一〇

如今，我真想证实我的存在。可是，在我变成一颗供智慧生命队伍漫步的星球之前，这个愿望如何能实现呢？

难道这不是每个生灵为之奋斗的目标吗？

一一

任何一颗珍珠都是苦难在一粒沙子周围建起的一座神殿。究竟是什么渴望在哪颗沙子周围建造出我们躯体的呢？

一二

当神把我当作一颗石子投向这汪奇异的湖水时，我用无数波圈搅乱了平静的湖面。
但当我到达湖底时，笼罩我的却是一片寂静。

一三

赐我以静默，我便敢于用之征服黑夜。

一四

我的灵魂与肉体相爱并结亲时，我便有了再生。

一五

我认识一个人，他听觉敏锐，但是个哑巴。因为他在一次战斗中失去了舌头。

我现在才知道他陷入这巨大沉默之前所参加的是哪一次战斗。我为他的死感到高兴。

这世界何其狭窄,竟不能同时容下我们俩。

一六

我躺在埃及大地的泥土里,沉睡了多少岁月,默默无语,不辨季节更替。

之后,太阳赐予我生命,我站起来,行走在尼罗河畔,与白昼一起唱着歌,与黑夜一同做着梦。

如今,太阳用千只脚踩我,期望我再次沉睡在埃及大地的泥土之中。

不过请看,惊人的奇迹和令人难解的谜团出现了:

将我聚集起来的太阳,却不能把我分解开来。

我依然站立在尼罗河两岸,信步行走。

一七

记忆是相见的一种方式。

一八

忘却是自由的一种形式。

一九

我们用无数太阳的运转测定时间。

他们测定时间则用他们口袋里的工具。

现在,请你告诉我:我们怎样才能在我们确定的时间和地点相会呢?

二〇

对于那些从银河窗口俯视的人来说,空间就不是地球与太阳之间的空间了。

二一

人性是一条光河,从无始流到永恒。

二二

徘徊在能媒①里的精灵,难道不羡慕人的痛苦吗?

---

① 能媒,即以太。

二三

在通往圣城的路上,我遇见了另外一位朝圣者,问他:"这是通往圣城的路吗?"

他说:"你跟我来,一天一夜就能够到达圣城。"

我跟着他走去。我们走了几天几夜,也没有到达圣城。

我大吃一惊,当时他竟然对我大发雷霆,只因为他给我带错了路。

二四

主啊,在您使野兔成为我的猎物之前,还是让我成为雄狮的猎物吧!

二五

人只有沿着黑夜之路前进才能到达黎明。

二六

我的住宅对我说:"你不要弃离我!这里居住着我的过去。"

道路对我说:"来吧,沿着我走下去吧!我就是你的未来。"

我对住宅和道路说:"我既没有过去,也没有未来。我居留在这里,居留中包含离去;我离开这里,离去中包含居留。唯有爱情和死亡能改变一切。"

二七

安卧在羽绒床上人的梦,并不比睡在尘土上那些人的梦更美。我怎能对生命的公正失去信念呢?

二八

多么奇怪!对于某些享乐的向往,竟是我的某种痛苦。

二九

我有七次藐视自己的灵魂:
第一次,我发现它想高升时,故作谦恭下士。
第二次,我看见它在瘸子面前跛行。
第三次,当让它在难与易之间选择时,它弃难而择易。
第四次,它犯了错误,却以别人也犯了错误而自感欣慰。
第五次,当它容忍软弱时,它却把忍耐视作坚强。
第六次,它鄙弃一张丑陋面孔,但它却不知道那正是它的一张面具。

第七次，它大唱赞歌，并且将之当作一项美德。

三〇

我对绝对真理一无所知。但是，我在自己的无知面前感到心悦诚服：这其中蕴藏着我的荣耀和报偿。

三一

人的想象与现实之间的距离，只有向往之心才能超越。

三二

天堂就在隔壁房间的门后，但钥匙丢了，也许我仅仅忘记了放的地方。

三三

你是盲人，我又聋又哑，那就手摸手以求彼此了解吧！

三四

一个人的价值，不在于他已经取得的成就，而在于他希望获得的成就。

三五

我们中有的人像墨,有的人像纸。若不是有人是墨,另一些人就会变成哑巴;若不有人洁白,另一些人就会变成瞎子。

三六

给我一只耳朵,我便给你声音。

三七

我们的大脑是一块海绵,我们的心是一条溪水。
然而我们大多数人宁愿吸收却不肯奔腾,岂不怪哉?

三八

当你向往着无名恩赐,又不知何故而悲伤时,你便与生长着的万物一道成长,高升直向你的"大我"。

三九

当一个人沉醉于一种梦幻之中时,他就是把自己对梦幻的轻淡表述认作香醇本身了。

四〇

你喝酒也许是为了醉，而我喝酒却为了从另外一种醉酒中清醒过来。

四一

我把酒杯喝空时，就让其空着；但当酒杯半满时，我却恨其半空。

四二

他人的实质，不在于他所表露的，而在于他未表露的。
你若想了解他的实质，就不要听他说的，而要听他没说过的话。

四三

我对你说的一半话是没有意义的；我之所以说，但期你听到另一半。

四四

幽默感便是分寸感。

四五

当人们赞美我高谈阔论的缺点,责备我沉默寡言的美德时,我的孤寂感便产生了。

四六

当生命找不到歌手唱出它的心声时,它便造就一位哲学家阐述它的心思。

四七

真理,在任何情况下都是被人所知的,只是在某种情况下才被人讲出来。

四八

我们先天的真实都是沉默寡言的,而后天所得才变成多嘴多舌。

四九

我的生命之音传入你生命之耳。不过,还是让我们交谈吧,以期排除寂寞。

五〇

两个女人交谈,什么也讲不出来;一个女人自言自语,却道出了生命中的一切。

五一

或许青蛙比牛叫得更响,然而青蛙既不会在地里拉犁,也拖不动酒坊的榨汁轮,更不能取其皮子制鞋。

五二

只有聋哑人才妒忌健谈的人。

五三

如果冬天说:"春天居于我的心中。"谁会相信它的话呢?

五四

每粒种子都是一个愿望。

五五

假若你睁大眼睛,便会在每一个形象中看到你自己的形象。假若你侧耳聆听,便会从每一种声音中听到你自己的声音。

五六

揭示真理需要两个人合作:一个人将之说出,另一个人把它领会。

五七

言语的波涛在我们的上面永久喧嚣,然而我们的深处永远是寂静无声的。

五八

有多少学说,都像玻璃窗一样,我们透过它看真理,而它又把我们同真理隔开。

五九

让我们玩捉迷藏吧！假若你藏在我的心里，我就不难找到你；但你若藏在你的躯壳里，谁也休想把你找到。

六〇

也许一个女人能用微笑遮盖自己的脸。

六一

能同一颗欢悦之心共唱快乐之歌的忧伤之心是多么高尚！

六二

想了解女人的内心，或认识天才，或想弄清沉默的秘密的人，就像试图从美梦中醒来便坐在早餐桌上的人。

六三

我愿意与行人一道前进，而不愿呆呆地站在那里，眼看着队伍从我面前走过。

六四

你欠侍奉你的人的东西比黄金贵。你就把你的心献给他,或者为他效力吧!

六五

我们的生命并未空耗。难道那些城堡不是用我们的骨头垒起来的吗?

六六

我们不要过分苛求,不要不拘小节。诗人的心灵和蝎子的针尾,都是在同一块土地上生长出来的。

六七

伴随着每一条毒龙的产生,必有一个屠龙的圣乔治诞生。

六八

树木是大地写在天幕上的诗。我们将树木伐下来做纸,记录下我们的空虚。

六九

如果你有写作欲望——只有圣人才知道的那种欲望——那么，你必须有知识、艺术和魔术：遣词的音乐知识，非矫揉造作的艺术，热爱读者的魔术。

七〇

他们把自己的笔蘸在我们的心中，便以为自己已经得到了灵感。

七一

如果一棵树也写自传，那将不会异于一个民族的历史。

七二

如果要我在"写诗能力"和"诗写成前的心里陶醉"之间选择，我必选那种"陶醉"，因为那是更为美妙的诗。

但是，你和我的所有邻里都说我不善选择。

七三

诗不是表述出来的一种意见,而是从带血的伤口或微笑的嘴里溢出来的一支歌。

七四

词语不受时间限制;当你用它说话或写作时,就会知道它的这个特点。

七五

诗人是一位退位的君王,坐在自己的宫殿废墟里,试图从废墟里塑造出一种形象。

七六

诗是大量欢乐、痛苦和惊奇,外加少许语汇。

七七

诗人寻找自己心中诗歌的源泉,那是徒劳无益的。

七八

有一次，我对一诗人说："只有你死后，我们才能评估你的价值。"

诗人答道："是的，死神总是揭示隐秘。你如果真想晓得我的价值，那么，你该知道，我心中的比口说出的多，我想写的比手里的多。"

七九

你如果歌唱得美，即使你在沙漠腹地，也会发现有人聆听你的歌声。

八〇

诗是迷心醉神的智慧。

智慧是思想里唱的歌。

我们若能使一个人心迷神醉，并且在其思想里唱歌，那么，我们便真的生活在神的影子里了。

八一

灵感从不停止歌唱;灵感从不解释。

八二

为了让孩子睡,我们常常唱催眠曲,但求我们自己也进入梦乡。

八三

我们所有的词语,不过是思想筵席上散落下的碎食屑。

八四

苦思常是诗歌道路上的绊脚石。

八五

杰出的歌唱家是能把我们的沉默化为歌声的人。

八六

如果你的嘴里含满食物,你怎能唱歌呢?
如果你的手里满是黄金,你怎举手祈福?

八七

人们说夜莺唱情歌时,将刺扎自己的胸膛。
我们都这样干。不然,我们怎能歌唱?

八八

天才,不过是迟来的早春里知更鸟唱的一支歌。

八九

即使是最高尚的灵魂,也摆脱不掉肉体的需要。

九〇

疯子是音乐家,才能并不比你逊色。不过,他所弹奏的乐器稍稍乱了节拍。

九一

默默隐藏在母亲心中的歌，由孩子的双唇唱了出来。

九二

没有不能满足的愿望。

九三

我与另一个自我从未完全一致过。似乎真理将我俩隔开。

九四

你的另一个自我常为你而惆怅。但是，你的自我在惆怅中成长。那么，也就没有任何妨害了。

九五

除了在那些灵魂酣睡、躯体失调的人们的思维里，灵魂与躯体之间是没有斗争的。

九六

当你到达生命的内核时,你将感触到万物中存在的美,甚至在瞧不见美的眼睛里。

九七

我们活着是为了寻找美。其他一切只不过是形形色色的等待。

九八

播下一粒种子,大地给你一朵花。赠给蓝天以梦想,蓝天会给你送来情人。

九九

因为魔鬼在你出生的那天就死了,所以你不必通过地狱去见天使。

一〇〇

许多女子借到了男子的心,但很少女子能占有它。

一〇一

你若想占有某种东西,千万不要求之。

一〇二

当男子触摸到一女子的手时,二人便都触到了永恒的心。

一〇三

爱是情侣间的面纱。

一〇四

每个男子都爱着两个女人:一个是他想象力所创造出来的,另一个还未诞生。

一〇五

不宽容女人小错的男子,永不会欣赏她们的大德。

一〇六

不能日日自新的爱情会变成一种习惯,不久还会变成奴役。

一〇七

情侣拥抱的是他们之间的某种东西,而没有相互拥抱。

一〇八

爱情与猜疑绝不相互交谈。

一〇九

爱是光明之字,由光明之手将之书在光明之页上。

一一〇

友情永远是一种甜蜜的责任,绝不是一种可取的机会。

一一一

若不在各种情况下了解你的朋友,你就永远不能了解他。

一一二

你那最华丽的锦袍是别人织的；
你那最可口的一餐是在别人桌上吃的；
你那最舒适的床铺是在别人的房子里的。
现在请你告诉我：你怎能把自己同别人分开呢？

一一三

你脑中所思与我心中所想永远不会一致，除非你的脑不再徘徊在数字中，我的心不再恍惚于雾霭里。

一一四

不把语言简略到七个字，我们是不能相互了解的。

一一五

除非我的心碎裂，你又怎么能够使之启封呢？

一一六

只有大悲或大喜才能揭示你的真实。

你若想显示自己的真实,那就必须在光天化日下裸舞,或者背上你的十字架。

一一七

如果大自然留心我们所说的知足的话,江河便不会注入大海,你也就见不到冬天变成春天。

如果大自然注意到我们所说的积攒之类的话,我们还有多少人能呼吸到这空气呢?

一一八

你背朝太阳,就只能看到自己的影子。

一一九

你面对着白天的太阳时是自由的,面对着黑夜的繁星时是自由的。

没有太阳、月亮和繁星时,你是自由的。你合上眼睛,不看世间万物时,你是自由的。

然而,你又是你所爱的人的奴隶,因为你爱他。

你也是爱你的人的奴隶,因为他爱你。

一二〇

我们都是庙门前的乞丐，国王出入庙门时，我们都能得到一份恩施。

然而我们相互嫉妒，这是蔑视国王的另一种方式。

一二一

你不能吃得多过。要与另一个人分享面包，还要为不速之客留下一点儿。

一二二

如果没有客人，我们的房舍会变成坟墓。

一二三

一只和善的狼对一只天真的羊说："你何不光临寒舍造访呢？"

羊回答道："如果贵府不在阁下腹中的话，我将以造访贵府为荣。"

一二四

我在门口拦住客人,说:"不必了!进门时不必擦脚,等出门时再擦吧!"

一二五

慷慨并不在于你把我比你更需要的东西给我,而是把你比我更需要的东西给我。

一二六

你施舍时确乎是慈善的。在你施舍之时,要羞涩地扭过脸去,不要看接受你施舍的人。

一二七

最穷者与最富者之间的差别,不过在于一整天的饥饿和一时辰的干渴。

一二八

我们常向明日告贷,借以偿还昨天的债务。

一二九

我也曾见天使和魔鬼来访问我,但我把他们打发走了。
天使来访时,我念了一段旧祈祷文,天使烦而走开。
魔鬼来访时,我犯了一次旧的过错,魔鬼离我而去。

一三〇

这监牢倒是不坏,但我不喜欢隔开我的牢房和另一牢房的这堵墙;

不过,我向你保证:我既不愿责备狱卒,也不愿责备建造监牢的人。

一三一

你要鱼却给你蛇的那些人,也许他们没有别的什么东西可给你。那么,从他们那方面来说,也算是慷慨了。

一三二

骗子有时得逞,但终究是自杀。

一三三

当你宽恕那些从不杀人的杀人犯、从不行窃的贼、从不说谎的骗子时,你才是真正宽宏大量的人。

一三四

能把手放在善恶分界线上的人,就能触及上帝锦袍的边沿了。

一三五

假若你的心是座大山,怎能指望在你的手掌里开出鲜花呢?

一三六

好一个奇异的自欺方式!我有时宁愿受害和被骗,也好让我嘲弄那些以为我不知道自己受害被骗的人。

一三七

对于明明是追求者却假装被追求者的人，我有什么话好说呢？

一三八

在你的长袍上擦一双脏手的人，你就让他把你的长袍拿去吧！也许他还需要你那件长袍，你肯定不会要它了。

一三九

可惜的是钱币兑换商做不成好园丁。

一四〇

千万不要用你后天所学到的德行粉饰你的先天缺陷。我宁愿你有这些缺陷，它与我的缺陷又何其相似啊！

一四一

我常把自己从未犯过的罪过拉到自己的身上，以让别人在我面前感到宽舒。

一四二

生命的面具是比生命更深刻的奥秘的面具。

一四三

也许你只能根据你对自己的了解去判断别人。
现在请你告诉我，我们中间，谁是无辜的，谁是罪人呢？

一四四

自感应承担你一半过失的人，才是真正的公正者。

一四五

只有白痴和天才，才会破坏人制定的法律，因为他们最接近上帝的心。

一四六

你只有被追赶时才会飞跑。

一四七

我没有敌人。假如我有敌人，神主会让其与我势均力敌，使胜利归于真理。

一四八

死神会使你与你的敌人重归于好。

一四九

也许一个人为了自卫会自杀。

一五〇

许久以前，一个男子被钉在十字架上，因为他过分爱他人，人们也过分爱他。

奇怪的是我昨天三次遇见他：

第一次，他求警察不要把一个妓女送进监牢；

第二次，他正和一个贱民一起喝酒；

第三次，他正在教堂里与一名检察官拳斗。

一五一

如果他们所谈论的善与恶均正确无误,那么,我的一生便是连续犯罪。

一五二

怜悯是一半公正。

一五三

唯一对我不公正的,是那个我对其兄弟不公正的人。

一五四

当你看见一个人被带往监狱时,会心中暗想:"也许他是从更狭窄的一个监狱中逃出来的。"

当你看见一个醉汉时,会自言自语:"也许他借此摆脱更丑恶的事物。"

一五五

我常常憎恶人们,以求自卫;假若我是个更强有力的人,我就不用这种武器了。

一五六

用唇间的微笑掩饰双目中憎恶之情的人多么愚蠢!

一五七

不如我的人才会嫉妒或憎恶我。

没有人嫉妒我,也没有人憎恶我,因为我的地位不在任何人之上。

只有比我强大的人才会称赞我或蔑视我。

没有人称赞我,也没有人蔑视我,因为我的地位不在任何人之下。

一五八

你对我说:"我不了解你。"这话是对我的过分赞扬,对你说来则是不恰当的轻蔑。

一五九

生命给我的是黄金,我给你的是白银,还自以为慷慨,我多卑鄙。

一六〇

当你达到生命中心时,你将发现自己既不比罪犯高,也不比先知低。

一六一

奇怪的是,你只可怜脚步缓慢者,而不可怜头脑迟钝者;你只可怜盲于目者,而不可怜盲于心者。

一六二

瘸子不在他的敌人的头上敲断他的拐杖,那还是比较聪明的。

一六三

他自以为把自己口袋里的东西给你,便能取走你心里的东西,多么愚蠢啊!

一六四

生命是一支队伍。脚步慢的人认为队伍行进太快,于是落伍了。脚步快的人认为队伍行进太慢,于是离开了队伍。

一六五

如果真有名叫"罪孽"的事,那么,我们当中有些人在追随祖先的足迹,倒退作孽;有的人对孩子管教过分严厉,超前作孽。

一六六

真正的好人,是与众人都认为是坏人的人站在一起的人。

一六七

我们都是囚犯,但有的被关在有窗的牢房里,有的被关在无窗的牢房里。

一六八

奇怪的是我们为自己的丑行辩护的热情,竟然高于维护自己的功德。

一六九

假若我们坦诚地相互揭露罪过,必互相嘲笑,因为我们不能创新。

一七〇

假若我们都来表露我们的功德,也会因为我们不能创新而大笑。

一七一

一个人在背离世俗惯例之前,他是居于人为法律之上的;当他一旦背离了世俗惯例,他就既不在任何人之上,也不在任何人之下。

一七二

政府是我与你之间的契约。我和你则常常是错的。

一七三

罪恶要么是需要的代名词,要么是疾病的一种表征。

一七四

还有比意识到别人的罪恶更大的过错吗?

一七五

如果别人嘲笑你,你应该怜悯他;假若你嘲笑他,你也许永远不会宽恕自己。

如果别人伤害你,你应该忘掉他对你的伤害;假若你伤害他,你会永远记起。

其实,别人只不过是附在另一躯体上的、你那最敏感的灵魂。

一七六

你想让人们用你的双翅飞翔,而你连一根羽毛都没有,你多轻率呀!

一七七

一次,一个人坐在我的餐桌上,吃我的面包,喝我的酒,走时还嘲笑我。
之后他又来要吃要喝时,我拒绝了他;
于是,天使嘲笑我。

一七八

憎恶是一种死了的东西,你们谁愿做坟墓?

一七九

被杀者的光荣在于他不是凶手。

一八〇

人道的保护者是在其沉默寡言的心怀中,而不在其多嘴多舌的思维里。

一八一

人们以为我疯了,因为我不肯拿我的光阴去换金钱;
我也认为他们疯了,因为他们竟认为我的光阴可以用钱买。

一八二

他们把他们最重要的金、银、象牙和黑檀摆在我们的面前,我们把我们的心地和精神摊在他们的面前;
然而他们却自以为是主人,倒把我们当作客人了。

一八三

我宁愿做一个有梦想并有实现梦想愿望的最渺小的人物,也不愿做一个无梦想、无愿望的最伟大的人。

一八四

把自己的梦想变成金银的人是最可怜的人。

一八五

我们都在攀登我们心底愿望的高峰。

如果某位登山伙伴偷了你的干粮和钱包,干粮肥了他的身骨,而钱包加重了他的负荷,你应该可怜他;

他,则因肥胖而攀登困难,负重延长了他的攀登路途。

你体瘦身轻,若看到他因肥胖而攀登时气喘吁吁,就帮他一把,他将加快你的登高速度。

一八六

你不能超越自己对人的了解去判断任何人,而你对人的了解又是那样肤浅。

一八七

我不喜欢听任何征服者对被他征服的人们说教。

一八八

真正自由的人,就是忍耐地扛着奴隶枷锁的人。

一八九

一千年前,我的邻居对我说:"我憎恨我的生命,因为它只不过是一种令人痛苦的东西。"

昨天,我走过墓地,看见生命正在他的坟墓上跳舞。

一九〇

大自然的竞争只不过是渴望秩序的杂乱。

一九一

孤独是无声风暴,摧折了我们的枯枝;

虽然如此,它却把我们的活根更深地送进了活的大地中的跳动着的心底里。

一九二

有一次,我对小溪谈起大海,小溪认为我陷于幻想,过分夸张;

另一次,我对大海谈起小溪,大海认为我求全责备,损人声誉。

一九三

竟把蚂蚁的忙碌抬到纺织娘的歌喉之上,眼界何其狭窄!

一九四

这个世界的最高德行,也许是另一个世界里的最低标准。

一九五

深与高达到的深度和高度都是直线的;只有那广阔的,才能绕圈转。

一九六

如果没有度量衡观念,也许我们站在萤火虫面前就像站在太阳面前一样顶礼膜拜。

一九七

只是科学家而无想象力,就像持钝刀和旧秤的屠夫。既然我们并不全是素食主义者,你又该如何呢?

一九八

你唱歌时,饥饿者用肚子听。

一九九

死亡离老人并不比离婴儿更近；生命亦如此。

二〇〇

如果你确实必须坦率表白，那就坦率得干脆些；不然，你就缄默不言，因为我们邻居中有一个人快要灵魂归天。

二〇一

或许人间的葬礼正是天上的婚庆。

二〇二

一个被忘却的现实可能死去，其遗嘱里却留下七千条可作为丧葬、建墓费用的真情实况。

二〇三

其实我们只对自己说话，但有时声音大一些，好让别人听见。

二〇四

明显的东西,人们总是视而不见,非要等人指点。

二〇五

如果银河不在我的心意中,我怎能看得见它或了解它呢?

二〇六

他们是不会相信我是个天文家的,除非我是医生当中的一个。

二〇七

也许大海给贝壳下的定义是珍珠。
也许时间给煤炭下的定义是钻石。

二〇八

荣誉是热情站在阳光下的影子。

二〇九

根乃一朵鄙视荣誉的花。

二一〇

美之外,既无宗教,也没科学。

二一一

我所了解的伟大人物的品格中总有些渺小的东西,正是这渺小的东西防止了懒散、狂妄或自杀。

二一二

真正伟大的人,是既不想压制任何人,也不受任何人压制的人。

二一三

我绝不会仅仅因为他杀了罪犯和先知,便相信他是平庸无能之辈。

二一四

容忍是对狂症害上的相思病。

二一五

多怪呀！虫子会转身拐弯，就连大象也会屈服。

二一六

也许争论是两个头脑之间沟通的捷径。

二一七

我是烈火，我也是干柴；我的一部分正在吃我自身的另一部分。

二一八

我们都在寻找圣山的顶峰；假若我们只把过去当作地图而不当作向导，我们的路不是更短了吗？

二一九

当智者高傲得不肯哭,庄重得不肯笑,自满得不肯看他人时,智慧也就不成其为智慧了。

二二〇

如果我用你所知道的一切塞满我的内心,哪里还能容纳你所不知道的一切呢?

二二一

我跟从善说的人学到了沉默,跟从偏执的人学到了宽容,跟从残酷的人学到了怜悯;不过,奇怪的是我并不感谢这些老师。

二二二

极端的修行者是极聋的演说家。

二二三

嫉妒者的沉默是喧嚣。

二二四

当你达到应该知道的终点时,也便到了你应该感觉的起点。

二二五

夸张是暴怒的真理。

二二六

假若你只看到光所显示的,只听到声音所宣告的,那么,你实际上既没有看也没有听。

二二七

事实是没有性别区分的真理。

二二八

你不能同时集笑和粗暴于一身。

二二九

最接近我心的，是没有国土的国王和不知如何求乞的穷人。

二三〇

一个令人羞涩的失败比一个值得炫耀的成功更高贵。

二三一

在你想到的任何一块土地上挖掘，都能找到宝库，只是要用农夫的信念去挖就是了。

二三二

一只狐狸被二十名骑士和二十条猎犬追逐，它说："无疑他们想杀死我。可是，他们是多么懦弱、多么愚蠢啊！二十只狐狸骑着二十头毛驴，带着二十只狼去追杀一个人，真是太不值得了。"

二三三

我们的头脑屈从于我们自己制定的法律,而我们的精神从不屈从。

二三四

我是旅行家,也是航海家;伴随着每天日出,在我的灵魂中都会出现一个新大陆。

二三五

一个女人抗议道:"可以肯定那是一场正义战争。我的儿子在那场战争中倒下了。"

二三六

我对生命说:"我真想听到死神说话。"
生命稍稍提高声音,说道:"你现在就听到它说话了。"

二三七

当你探明生命的所有奥秘时,你就渴望死亡,因为死亡也是生命的另一个奥秘。

二三八

生与死是勇敢的两种最崇高的表现。

二三九

我的朋友,
对于生命,你和我将永远是陌生的,
我们彼此也永远是陌生的,
我们每个人对自己也会是陌生的,
直到有一天你说我听,
我把你的声音当作我的声音;
当我站在你的面前时,
自认为我是站在镜子前。

二四〇

他们对我说:"你了解自己,也便了解所有人。"
我说:"我不探索所有人,是无法了解自己的。"

二四一

人有两个自我：一个在黑暗中醒着，另一个在光明中睡觉。

二四二

隐士弃绝了部分世界，以期不受干扰地享受整个世界。

二四三

学者与诗人之间隔着一片秀美田野，如果学者穿越过去，就变成了圣贤；如果诗人穿越过来，就变成了先知。

二四四

昨天，我看见一伙哲学家用篮子拎着他们的头，在市场上高声叫卖道："智慧……卖智慧！"

多么可怜的哲学家！他们必须卖自己的头，才能养活自己的心！

二四五

一个哲学家对一个清道夫说:"我可怜你。你的工作又苦又脏。"

清道夫说:"谢谢你,先生。请告诉我,你是做什么的?"

哲学家答:"我研究人的思维、行为和愿望。"

这时,清道夫转脸拿起扫帚,笑着说:"我也可怜你。"

二四六

听真理的人并不比讲真理的人低下。

二四七

人是不能在必需与奢侈之间划分界限的。

只有天使能划分;天使聪慧,机敏。

也许天使就是我们在天空中的更高尚的思想。

二四八

在托钵僧心里找到自己的宝座的,才是真正的王子。

二四九

慷慨是超过自己能力的施与，自大是低于自己需要的索取。

二五〇

其实你不欠任何人的。你把自己的全部所有看成欠所有人的债。

二五一

所有以前生活过的人，现在和我们一起活着。
我们中谁也不愿意怠慢客人。

二五二

向往多的人长寿。

二五三

他们对我说："一鸟在手，等同十鸟在树。"

但我说:"树上的一鸟一羽,胜过十鸟在手。"你对那根羽毛的追求,就是脚下生翅的生命,而且是生命的本身。

二五四

世间只有两种要素,美和真:美在情侣的心上,真在耕夫的臂腕。

二五五

伟大的美将我俘获,但更伟大的美却从它的掌中将我释放。

二五六

美在渴望美的人心里,比看到美的人眼里所发出的光更加灿烂。

二五七

我喜欢向我吐露心事的人;我敬重向我展示梦想的人。可是,在服侍我的人面前,我却为什么腼腆,而且感到害羞呢?

二五八

过去，有才华的人以侍奉王子而自豪。
今天，他们已把侍奉平民视为光荣。

二五九

天使们知道，许多讲究实际的人，都是就着梦想者额头上的汗水，吃他们的面包。

二六〇

幽默往往是一副面具；你一旦将之扯下，便会发现一种被激怒的天赋或一种被扭曲的聪慧。

二六一

聪颖者把聪颖功归于我，呆钝者把呆钝罪归于我。我想二者都是对的。

二六二

只有心存秘密之人，才能猜透我们心中的秘密。

二六三

只能与你同甘而不能共苦的人，定将失去天堂七座门中一座门的钥匙。

二六四

是的，果有涅槃境界。
它在你赶着羊群到了青草茂密的牧场之时，它在你哄孩子入睡之时，它在你写完长诗的最后一行时。

二六五

我们选择我们的欢乐和忧愁，是在我们长期体味它们以前。

二六六

忧伤不过是两座花园间的一堵墙。

二六七

你的欢乐或忧伤一变大，世界在你的眼里就变小了。

二六八

愿望是半个生命,冷漠是半个死亡。

二六九

今日的悲哀中最苦的东西,恰是昨天欢乐的追忆。

二七〇

他们对我说:"你一定要在今生的欢乐与来世的平安之间做出选择。"

我对他们说:"我已经同时选择了今生的欢乐和来世的平安。因为我打心底里知道最高尚的诗人,只写过一首韵律俱佳的长诗。"

二七一

信仰是心中的绿洲,思想的驼队永远到达不了那里。

二七二

当你到达你的顶峰时,你将感到愿望只是为了愿望,饥饿为了饥饿，干渴为了更强烈的干渴。

二七三

当你把自己的秘密吐露给风时，你千万不要责怪风把你的秘密吐露给树木。

二七四

春天的花是天使们在早餐桌上谈论的冬天的梦。

二七五

臭鼬对月下香说："你看我跑得多快，而你既不能走，也不会爬！"

月下香对臭鼬说："哦，高贵的飞毛腿，快跑你的吧！"

二七六

乌龟比兔子更清楚道路的情况。

二七七

奇怪的是没有脊柱的生物都有坚硬外壳。

二七八

说话最多者是聪慧最少的人。一个演说家与一个拍卖人没有什么大差别。

二七九

感谢吧，因为你不必依靠父亲的名声或叔父的财产生活。尤其应该感谢的是，没有任何人必须依靠你的名声和财产生活。

二八〇

耍把戏的人抓不到球时，才能引起我的兴趣。

二八一

嫉妒虫在不知不觉中赞扬了我。

二八二

你一直是你熟睡中的母亲的一个梦，她醒来时生下你。

二八三

人类的胚芽在你母亲的愿望之中。

二八四

我的父亲和母亲希望有个孩子,于是生下我。
我的心向往有个母亲和父亲,便生下了夜和大海。

二八五

我们的子女,有的使我们感到此生无悔,有的使我们感到不胜遗憾。

二八六

当夜幕降临,你的神情也黯然时,你就躺下去,听凭神伤心碎。
当晨光初照,你的神色仍黯然时,你就起来,随意对白昼宣布:"我仍旧神情黯然。"
你对黑夜和白昼做戏,那是愚蠢的。
你若那样行事,黑夜和白昼都会嘲笑你。

二八七

雾霭环绕的山不是丘陵,淋雨的橡树不是垂泪的柳树。

二八八

瞧这似是而非的断语,它与模棱两可相比,深和高彼此更接近些。

二八九

当我像一面明镜一样站在你面前时,你凝视着我,便看到了你的形象。

之后你说:"我爱你。"

其实,你爱的是在我身上的你自己的形象。

二九〇

当你用对邻居的爱取乐时,那就不是美德了。

二九一

不涌溢的爱情已在渐渐死亡中。

二九二

你不能同时拥有青春和关于青春的知识。

因为青春忙于生活,无暇探求关于青春的知识;而知识在忙于探索自己,无暇顾及生活。

二九三

或许你会凭窗眺望行人,于是看到一位修女从你右边走过,一个妓女从你左边走过。

也许你会直率地说:"这一位多么高尚,而那一个多么卑贱!"

假若你闭上双眼,留心聆听片刻,便会听到太空中有低语声:"这一位用祈祷寻求我,而另一位则在痛苦中寻求我。在二人的灵魂中都有供奉我灵魂的殿堂。"

二九四

每隔一百年,拿撒勒人耶稣就会与基督教的耶稣在黎巴嫩丘山间的花园中相聚长谈一次。拿撒勒人耶稣每次离去时,都会对基督教的耶稣说:"我的朋友,我担心我们的见解永远永远不会一致。"

二九五

但求上帝喂饱那些穷奢极欲的人。

二九六

每个伟人都有两颗心：一颗心在滴血，另一颗心在沉思。

二九七

如果有人说了既不妨害你又不妨害他人的谎言，你何不对自己的心说，他那置放事实的房子太小，容不下他的幻想，因此，他不得不把幻想丢到更大的空间去。

二九八

每一道紧闭的门后，都有一个加了七道封条的秘密。

二九九

等待是时间的蹄子。

三〇〇

你家东墙的那个新窗子难道不是麻烦吗?

三〇一

兴许你会忘掉和你同笑的人,但永远不会忘记与你同哭的人。

三〇二

盐里定有出奇神圣之物,它既存在于我们的眼泪里,也存在于大海之中。

三〇三

当上帝感到慈悲的干渴之时,会把我们——露珠和眼泪——一道喝下去。

三〇四

你不过是你的"大我"的一个碎片,一张求面包的嘴,一只盲目的、为干渴之口举起杯子的手。

三〇五

你只要从种族、国家和自我上升高一腕尺,你就真的像神一样了。

三〇六

如果我是你,我决不在退潮时埋怨大海。

船稳稳当当,我们的船长是精干的;只不过你的胃有些不适。

三〇七

我们渴望而未得到的东西,总比我们已经得到的东西宝贵。

三〇八

即使你有幸坐在一块云朵上,也看不到国与国之间的界线,更看不到田与田之间的界石。

然而遗憾的是,你无法坐上云朵。

三〇九

七个世纪前,有七只白鸽从深谷里飞上盖着皑皑白雪的山顶。

看到白鸽飞翔的七个人中,有一个人说:"我看见第七只鸽子的翅膀上有一块黑斑。"

今天,在那座山谷里,人们说有七只黑鸽子飞上了皑皑白雪覆盖的山峰。

三一〇

秋天里,我收集起我的一切烦恼,将之埋在我的花园里。

四月到来,春天降临,与大地结亲,我的花园里繁花似锦,美丽绝伦。

邻居们走来赏花,异口同声对我说:"秋天再来,该播种的时候,能否给我们些花种,让我们的花园里也开出这种花来呢?"

三一一

我把空手伸向人们而得不到任何东西,那固然是苦恼;然而,伸出满把东西的手而无人接纳,那才是绝望。

三一二

我渴望来生,因为在那里我会遇到我未写出的诗和未画出的画。

三一三

艺术是从自然走向无限的一步。

三一四

艺术品是雕刻成形象的一团雾霭。

三一五

就连用荆棘编织王冠的手也比闲着的手好。

三一六

即使我们最神圣的泪水,也不认识通往我们眼睛的路。

三一七

任何一个人都不外乎是已往每一君王和每一奴隶的后裔。

三一八

假若耶稣的曾祖知道自己体内藏着什么东西,难道他不会对自己肃然起敬吗?

三一九

难道犹大之母对儿子的爱不及马利亚对耶稣的爱?

三二〇

我们的耶稣兄弟有三个奇迹尚未载入《圣经》:
第一,他是像你我一样的人;
第二,他有幽默感;
第三,他知道自己是征服者,虽亦是被征服者。

三二一

被钉在十字架上的人呀,你被钉在了我的心上;钉透你双手的钉子，穿透了我的心墙。

明天，当一位异乡人经过隐藏在我心中的各各他①时，他不会知道有两个人在此流过血。

他将认为那是一个人的血。

三二二

也许你听说过那座圣山。

那是我们世上最高的山。

你登上山顶，必将产生一种愿望，那就是下山去，以便与住在谷地的人们生活在一起。

因此，人们将之称为圣山。

三二三

我禁闭在文字中的每个想法，必须用实际行动将之解放出来。

---

① 各各他，《圣经·新约全书》中载耶稣被钉在十字架上之地。

汉译文学名著

第二辑书目（30种）

枕草子	〔日〕清少纳言著	周作人译
尼伯龙人之歌	佚名著	安书祉译
萨迦选集		石琴娥等译
亚瑟王之死	〔英〕托马斯·马洛礼著	黄素封译
呆厮国志	〔英〕亚历山大·蒲柏著	李家真译注
波斯人信札	〔法〕孟德斯鸠著	梁守锵译
东方来信——蒙太古夫人书信集	〔英〕蒙太古夫人著	冯环译
忏悔录	〔法〕卢梭著	李平沤译
阴谋与爱情	〔德〕席勒著	杨武能译
雪莱抒情诗选	〔英〕雪莱著	杨熙龄译
幻灭	〔法〕巴尔扎克著	傅雷译
雨果诗选	〔法〕雨果著	程曾厚译
爱伦·坡短篇小说全集	〔美〕爱伦·坡著	曹明伦译
名利场	〔英〕萨克雷著	杨必译
游美札记	〔英〕查尔斯·狄更斯著	张谷若译
巴黎的忧郁	〔法〕夏尔·波德莱尔著	郭宏安译
卡拉马佐夫兄弟	〔俄〕陀思妥耶夫斯基著	徐振亚、冯增义译
安娜·卡列尼娜	〔俄〕列夫·托尔斯泰著	力冈译
还乡	〔英〕托马斯·哈代著	张谷若译
无名的裘德	〔英〕托马斯·哈代著	张谷若译
快乐王子——王尔德童话全集	〔英〕奥斯卡·王尔德著	李家真译
理想丈夫	〔英〕奥斯卡·王尔德著	许渊冲译
莎乐美 文德美夫人的扇子	〔英〕奥斯卡·王尔德著	许渊冲译
原来如此的故事	〔英〕吉卜林著	曹明伦译
缎子鞋	〔法〕保尔·克洛岱尔著	余中先译
昨日世界：一个欧洲人的回忆	〔奥〕斯蒂芬·茨威格著	史行果译
先知 沙与沫	〔黎巴嫩〕纪伯伦著	李唯中译
诉讼	〔奥〕弗兰茨·卡夫卡著	章国锋译
老人与海	〔美〕欧内斯特·海明威著	吴钧燮译
烦恼的冬天	〔美〕约翰·斯坦贝克著	吴钧燮译

图书在版编目(CIP)数据

先知;沙与沫/(黎巴嫩)纪伯伦著;李唯中译.—北京:商务印书馆,2022(2025.8重印)
(汉译世界文学名著丛书)
ISBN 978-7-100-20693-8

Ⅰ.①先… Ⅱ.①纪… ②李… Ⅲ.①散文诗—诗集—黎巴嫩—现代 Ⅳ.①I378.25

中国版本图书馆CIP数据核字(2022)第025975号

权利保留,侵权必究。

汉译世界文学名著丛书
先知 沙与沫
〔黎巴嫩〕纪伯伦 著
李唯中 译

商 务 印 书 馆 出 版
(北京王府井大街36号 邮政编码100710)
商 务 印 书 馆 发 行
北京通州皇家印刷厂印刷
ISBN 978-7-100-20693-8

2022年3月第1版	开本850×1168 1/32
2025年8月北京第3次印刷	印张 6⅛

定价:35.00元